BRIGITTE COPPIN

Le château des Poulfenc

1. LES MORSURES DE LA NUIT

Castor Poche Flammarion

À Gaël, qui ne sera jamais vieux

Merci à Magali
pour sa lecture attentive et amicale

87 quai Panhard-et-Levassor – 75647 Paris Cedex 13
ISBN : 978-2-0812-1415-6

Chapitre I

Comme la nuit passée et celle d'avant, le chien était revenu.

D'abord, son ombre immense contre le ciel, ses pattes puissantes, l'épaisseur du pelage et puis ses mâchoires... La gueule monstrueuse réveilla Thomas au moment où elle allait mordre. Juste avant d'ouvrir les yeux, il entrevit dans son rêve un visage terrifié qui tentait d'échapper à la morsure. Pas un cri. Une lutte implacable, alourdie par le silence de la nuit.

Assis sur sa paillasse, Thomas reprit son souffle, empoigna sa chemise pour essuyer la sueur qui lui coulait de la gorge jusqu'au ventre. D'où sortait ce chien ? Quel était ce visage ? Les crocs terribles allaient-ils le dévorer ? Et pourquoi cette scène venait-elle le hanter nuit après nuit ?

Derrière son dos, la pierre tiède ne parvenait pas à le rassurer. Les yeux bien ouverts à présent, il s'accrochait à la lueur de la chandelle qui vacillait sur la voûte à l'extrémité du dortoir. Près d'elle, se détachait la silhouette assise de frère Grégoire, le moine chargé de veiller sur les enfants du monastère.

Tout à coup, un rai de lumière glissa sous la porte. Le long du mur, on entendit un frôlement. Sur leurs patins de feutre, les moines se rendaient à l'église chanter matines, le premier office du jour. Aussitôt, la chandelle de frère Grégoire s'agita. Le moine, dispensé des offices de nuit, effectuait une ronde dans le dortoir chaque fois que ses frères se levaient pour la prière.

Le halo de lumière s'approchait, éclairant au passage le lit de Matthieu, celui de Gerbert, les vêtements proprement pliés sur les tabourets. Au lieu de se recoucher, Thomas resta assis. Fixer avec attention ces détails du quotidien l'aidait à repousser les ombres terrifiantes. La main que frère Grégoire posa sur son épaule acheva de le réconforter.

— Est-ce encore ce loup qui te veut du mal ?

— Ce n'est pas un loup, frère Grégoire. C'est un chien.

— Comment le sais-tu ?

— À cause du collier hérissé de pointes. Un collier comme en avaient les chiens de mon père lorsqu'il chassait le sanglier.

Le moine n'insista pas. Il remplit un gobelet d'eau, proposa une courte prière pour chasser les esprits malfaisants, puis aida Thomas à se recoucher, remontant sur les épaules du garçon la couverture en peau de mouton.

— Demain, tu laveras ta chemise, dit-il en s'éloignant. Il ne faut pas garder la trace des mauvaises suées.

La tête sur l'oreiller de crin, Thomas lui répondit d'un mouvement du menton. Tandis que la lumière de la lampe reprenait sa danse légère sur la voûte, il luttait en silence contre la peur, prête à l'assaillir de nouveau.

La cloche du monastère lui vint en aide. Son tintement dans le ciel noir au-dessus des toitures disait au monde que les hommes de Dieu, debout avant l'aube, priaient sans relâche afin d'éloigner les forces du diable. Dans son lit, Thomas avança la tête jusqu'à toucher le mur de pierre, qui dressait un rempart contre les monstres de la nuit.

« Quand je serai moine, se dit-il, je demanderai à être camérier : chaque soir, je distribuerai la provision de chandelles, et ma lanterne fouillera tous les recoins pour y débusquer l'ombre. »

La cloche s'était tue. Tout à l'heure, à la fin de l'office, les moines regagneraient à pas feutrés leur grand dortoir au-dessus du réfectoire, et le prochain appel de la cloche sonnerait le réveil du monastère tout entier.

À chaque saison, le rythme des jours et des nuits était fixé jusqu'au moindre détail.

Rassuré, Thomas s'endormit.

Le lendemain, 25e jour d'avril, était jour de saignée. Le grand ménage de printemps, qui occupait le monastère depuis plus d'une semaine, s'accompagnait d'un nettoyage complet du corps : bain et lessive, rasage, coupe des cheveux et des ongles. La saignée éliminait le mauvais sang accumulé pendant l'hiver et permettait un renouveau de l'énergie, un meilleur élan de l'âme. Frère Géraud, qui dirigeait l'infirmerie, savait consulter les astres. Il avait choisi pour cette opération le moment de l'année où le soleil rencontrait la constellation du Bélier.

— Un signe d'apaisement et d'équilibre. Rien de tel pour renforcer les bonnes humeurs, disait-il en voyant arriver ses patients après la messe du matin.

Ceux qui s'avançaient vers lui ne frémissaient pas devant les lames bien affûtées posées à côté du bassin de cuivre. Car la petite entaille qu'ils allaient recevoir au poignet ou au pli du coude leur donnait droit à des soins particuliers. Dispensés des offices de nuit, ils pourraient se reposer à l'infirmerie dans de vrais lits individuels, munis d'oreiller plus moelleux que ceux du dortoir. Frère Géraud distribuait du bouillon de poule ou du vin chaud et dorlotait ses malades, qu'il appelait « mes invités ». Une fois guéris, ceux-ci rêvaient de revenir, mais frère Géraud n'aurait pas toléré les imposteurs. Il respectait à la lettre la règle monastique, qui exigeait de chacun une parfaite honnêteté. Déclarer une fausse rage de dents ou une fièvre imaginaire, c'était s'exposer à la colère de l'infirmier et à une punition décidée par l'assemblée des moines.

Les enfants n'étaient pas concernés par la saignée. Ils avaient besoin de tout leur sang pour grandir et devenir forts. En revanche, frère Grégoire et le maître d'école s'étaient rendus à l'infirmerie comme les autres.

Thomas et ses compagnons disposaient donc d'une journée de liberté. Matthieu était-il déjà aux cuisines à tremper le doigt dans les pots ? Gerbert, sous prétexte d'aérer sa paillasse, avait dû s'endormir au soleil. Renaud gobait des œufs au poulailler...

Thomas décida de rendre visite à son arbre. Le grand orme planté près de l'écurie lui faisait l'effet d'un jardin extraordinaire dressé entre le ciel et la terre. L'été, il donnait de l'ombre aux chevaux et aux moutons ; au printemps, il ouvrait ses feuilles avec paresse, bien après l'arrivée des hirondelles, et l'on savait alors que la belle saison avait vraiment commencé.

À l'entrée de la cour, Thomas sourit en découvrant sur les branches le friselis vert pâle, léger comme le duvet d'un poussin, des bourgeons qui venaient d'éclore.

Au lieu de se précipiter, il s'assura qu'il était bien seul. À cette heure de la matinée, personne ne travaillait à l'écurie, presque déserte puisque l'abbé avait emmené les plus beaux chevaux. Chaque année en avril, le père supérieur se faisait un devoir d'aller saluer le roi Henri d'Angleterre*, qui visitait ses terres

* Henri II Plantagenêt (1133-1189), comte d'Anjou, duc d'Aquitaine, duc de Normandie et roi d'Angleterre.

d'Anjou et d'Aquitaine. En réalité, chacun au monastère savait que l'abbé en profitait pour participer aux banquets offerts par le souverain. Frère Géraud grognait contre ces visites, car il ne jugeait pas digne d'un religieux de goûter au luxe des cours. Mais l'abbé était fils de grand seigneur et retrouvait là-bas d'agréables connaissances. Pendant ses absences, c'était le frère infirmier qui dirigeait l'abbaye ; l'assemblée des moines en avait décidé ainsi.

Après un dernier coup d'œil autour de lui, Thomas empoigna le tronc et grimpa jusqu'aux branches basses. Là, il ôta ses sandales et sa robe de laine brune, ne gardant que la ceinture pour serrer sa chemise autour de sa taille. Puis il reprit son ascension. Il était à mi-parcours lorsqu'il rencontra, bien calée dans une fourche de l'arbre, une paire de bottines d'enfant. Il fourra la main à l'intérieur, inspecta le cuir rouge délavé et la boucle rouillée qui résistaient aux intempéries depuis cinq hivers. Ces bottes, il les avait déposées lui-même le soir de son arrivée.

Pendant que son père et l'abbé, assis au parloir, fixaient les conditions de son adoption, il s'était enfui mais s'était vite cogné aux murs de l'enceinte. Comme le château où il était né, le monastère était un monde clos. Seul le grand arbre à l'immense ramure permettait de s'évader vers le ciel. Thomas s'était réfugié dans les hautes branches, laissant les autres en bas l'appeler et le chercher avec anxiété. Il ne voulait pas redescendre ; il voulait oublier la cérémonie d'adoption qui venait d'avoir lieu : dans l'église, les mains posées sur l'autel, il avait répété les paroles qu'on lui dictait, entendu son père jurer sur les Saintes Écritures qu'il ne reprendrait jamais son fils chez lui. L'abbé, de son côté, s'était engagé à l'éduquer avec attention, à veiller sur sa santé. Il avait respecté sa promesse. Qu'avait-il à y gagner ? Thomas le savait bien, depuis le temps qu'il était au monastère ! L'abbé avait reçu la terre et le moulin du Pas de Pernette, avec le pont à péage. C'était un beau cadeau que faisait le seigneur de Poulfenc. À chaque sac de blé moulu, à chaque convoi de marchands franchissant le pont, de beaux écus s'entassaient dans les coffres de l'abbaye. En échange de quoi, les moines, jour et nuit, avaient mission de prier pour la lignée des Poulfenc, en particulier pour Aubin, le fils aîné, futur maître du château. Afin de sceller l'union entre le monastère et sa famille, Robert de Poulfenc offrait son fils cadet,

Thomas, qui ne serait donc jamais chevalier, mais peut-être un jour abbé ou évêque...

Thomas avait sept ans. Il ne s'était pas révolté. On lui avait appris à obéir. Un fils de seigneur doit se taire pour préserver les intérêts de la lignée. Au fil des années, le monastère Saint-Jean était devenu sa maison. À peine savait-il encore où se situait le château de son enfance... Il n'avait jamais revu ses parents. Peu à peu, il s'était habitué à leur absence. Il ne cherchait plus sa mère au moment de s'endormir et, l'an dernier, il avait appris sans émotion que son père était parti vers la Terre sainte en compagnie d'autres chevaliers.

À Saint-Jean, les moines élevaient les enfants avec bonté et n'utilisaient pas le fouet. Seul le maître d'école tirait volontiers les oreilles, et même les petits cheveux fragiles plantés sur les tempes. Au château de Poulfenc, le maître de lecture et d'écriture était peut-être plus sévère encore et n'enseignait sûrement pas aussi bien. Après cinq années d'études au monastère, Thomas était devenu un garçon très instruit ; il lisait le latin comme le français, comptait parfaitement, écrivait des discours qu'il exposait au réfectoire devant l'assemblée des moines.

Mais ce que personne ne savait autour de lui, c'est qu'il grimpait aux arbres, très haut, là où même le bûcheron n'osait guère s'aventurer. Il avait appris au château, avec le fils du charpentier, et continuait à s'entraîner ici, dans le grand orme, qui l'accueillait toujours avec bienveillance.

Après avoir replacé les petites bottes, Thomas se remit à grimper. Au-dessus de lui, plus rien n'était stable. Les branches ondulaient sous la brise qui soufflait de l'ouest. Plusieurs fois, il dut s'agripper, chercher un meilleur appui. C'était dangereux, il le sentait bien, mais l'impression de liberté, une fois dépassé la hauteur de mur, était si enivrante ! Depuis le sommet de l'arbre, on découvrait le monastère tout entier. Le clocher de l'église paraissait plus trapu, le cloître formait un carré parfait, la fumée des cuisines, rabattue par le vent, courait le long des toits. Devant l'infirmerie, frère Géraud, penché sur ses parterres de plantes, ressemblait à une grosse châtaigne. Près de lui, un groupe de moines en robe brune se reposaient au soleil.

Au-delà de la muraille s'étendait le village, avec ses maisons de bois et de torchis, l'aire à battre le blé et la mare au bétail. Thomas y était allé plusieurs fois, pour aider à capturer des agneaux qu'il fallait tondre. Plus loin, derrière les champs, la ligne sombre de la forêt marquait le début du monde sauvage et inconnu. De l'autre côté, vers l'ouest, brillaient les marais salants offerts au monastère par le roi Henri et la reine Aliénor. Ces bassins où l'on récoltait le sel de mer étaient source de richesse et l'abbé avait même acheté un bateau pour transporter la belle marchandise blanche jusqu'aux ports des environs. Après les premières ventes, le monastère avait fait savoir qu'il n'accueillerait pas d'autres enfants. Ses revenus lui suffisaient désormais. Gerbert, Matthieu, Thomas et Renaud étaient les derniers arrivés et les lits de leur dortoir étaient presque tous vides.

Plaqué contre la branche qui oscillait, Thomas regardait le bleu étincelant de l'océan, que la houle semait d'éclats blancs lorsqu'elle se brisait avant le rivage. Il resta longtemps à se gaver de soleil et de vent comme un homme de vigie scrutant l'horizon. Le seul édifice capable de rivaliser avec son nid-de-pie était la tour de l'enceinte, que l'on nommait l'Aiglonne. En temps de guerre, elle permettait de guetter l'ennemi. Les soirs de tempête, frère Géraud y allumait un grand feu, indiquant aux navires en danger que la côte était proche. Thomas n'était jamais monté à la tour, mais, du haut de son perchoir, il pouvait découvrir la plateforme de guet avec la réserve de bûches serrées sous l'abri. Dans les étages inférieurs étaient conservés les registres de comptes et les archives. Tout en bas, une salle obscure servait de prison car l'abbé avait droit de justice sur les habitants des villages alentour.

La cloche de l'église sonna la fin de l'office de tierce*. Il fallait redescendre, laver sa chemise comme l'avait recommandé frère Grégoire. Oui, de l'eau claire et du vent frais, voilà qui chasserait l'image maudite du chien de la nuit.

* Troisième office du jour, vers 9 h 30.

Chapitre 2

Thomas revenait du lavoir avec sa chemise essorée roulée sur l'épaule lorsqu'il fut appelé par frère Géraud.

— Thomas, par tous les saints, où donc étais-tu ? Cours vite à la cuisine ! À force de fureter autour des pots, Matthieu a fini par s'asseoir dans une jarre de lard gras ! Le temps qu'il aille se changer, les œufs pour mes malades seront trop cuits... Cours vite, je te dis !

Thomas apporta le plat d'œufs brouillés, le pichet de vin coupé d'eau et servit les moines attablés au jardin. « Le reste, tu le laisseras à l'infirmerie », avait dit frère Géraud.

Après le soleil et le vent du dehors, le calme qui régnait dans la pièce obscure incitait à faire le moins de bruit possible et Thomas posa le plat sur la table avec précaution. Tout était parfaitement en ordre, les paillasses bien étalées, les couvertures pliées sur les lits vides. Alors, d'où venait le léger ronflement qui troublait le silence ? Sur le mur du fond, un épais rideau masquait l'entrée d'un cabinet réservé à l'infirmier lorsqu'il veillait ses malades. Quelqu'un dormait là, c'était sûr. En cinq pas discrets, Thomas atteignit la tenture et l'écarta. Le dormeur étendu sur la couche n'avait rien d'un moine. Les mains dures, le teint hâlé, le visage marqué d'une cicatrice descendant de la tempe vers la joue. Un jeune homme habitué au grand air, aux travaux manuels, aux dangers des chemins. Peut-être un voyageur logé à l'hôtellerie du monastère... Mais dans la cellule, au pied du lit, on ne voyait ni besace ni aucun bagage. Le visiteur était-il à ce point démuni ?

Thomas allait rabattre le rideau et se retirer lorsqu'il découvrit les yeux de l'inconnu fixés sur lui.

— Toi, je te connais, murmura l'autre avant que Thomas ait pu ouvrir la bouche.

— Comment cela ?

— Tu es celui qui monte à l'arbre.

Thomas se mordit la lèvre. Cet étranger qui venait d'arriver avait déjà percé son secret.

— Es-tu sûr que c'est moi ?

— Oui, tu es plus petit que les autres.

Thomas encaissa en silence cette deuxième affirmation, guère plus agréable que la première. C'était bien vrai, hélas, qu'il ne grandissait pas vite, en tout cas moins vite que ses compagnons. Décidément, le voyageur connaissait bien les habitants du monastère...

— Mais tellement plus agile, poursuivit l'inconnu. Comme la fouine quand elle cherche les œufs de la pie.

Thomas apprécia le compliment et sentit sa poitrine se dénouer. Il se demanda ce qu'il pouvait répondre. Ce fut une voix qui s'éleva derrière lui :

— De quoi te mêles-tu ?

Frère Géraud, debout près de la tenture, roulait des yeux furieux. Thomas s'esquiva, honteux, le cœur lourd à nouveau. Il traîna les pieds jusqu'aux cordes à linge où il étendit sa chemise, puis trouva refuge dans le grenier à foin au-dessus de l'écurie. Allongé dans la poussière au ras de la fenêtre, il se mit à examiner la disposition des lieux.

Sa première conclusion fut que personne ne pouvait l'apercevoir dans l'arbre depuis l'infirmerie, encore moins depuis l'hôtellerie des voyageurs. Ces deux bâtiments n'avaient aucune fenêtre donnant sur l'arrière-cour. Donc, l'inconnu s'était déplacé à l'intérieur du monastère. D'ailleurs, il n'avait pas vraiment l'air souffrant. Dans ce cas, pourquoi diable dormait-il à l'infirmerie ? Frère Géraud était habituellement si sévère avec les malades imaginaires... Plus Thomas y réfléchissait, plus il se disait qu'il se cachait là-dessous quelque chose d'étrange. Un secret que frère Géraud n'avait pas envie de révéler.

Après complies*, le camérier exécuta son tour de surveillance avec une attention particulière car le vent avait forci, et les volets mal fermés risquaient de claquer pendant la nuit. Au dortoir des enfants, frère Grégoire bourra les interstices de la fenêtre avec des lambeaux de chanvre. Malgré ces précautions, la tempête venue du large secoua le monastère jusqu'à l'aurore. Réveillé plusieurs fois, Thomas se réjouissait de ce grand vent qui tordait la forêt, obligeant le chien à rester au loin.

* Dernier office du soir, après le souper.

Un peu avant l'aube, il lui sembla entendre un fracas, puis la cloche rassurante des matines sonna comme à l'accoutumée, et il se rendormit.

Au matin, lorsque les enfants descendirent à la cuisine, frère Grégoire apporta le pain et le lait d'un air soucieux et retourna vite du côté des marmites. En dressant l'oreille, ils apprirent qu'une énorme branche du grand orme était tombée sur l'écurie, écrasant une partie du bâtiment. Heureusement que les beaux chevaux étaient partis en même temps que l'abbé ! Cependant, c'était sûrement sa faute, à lui, si ce malheur arrivait. Qu'avait-il besoin de s'attarder à la table des seigneurs au lieu de rester à prier en compagnie de ses frères.

Malgré la règle du silence qui régnait au monastère, on entendait à la cuisine bien des chuchotements mécontents.

— Le grand orme est trop vieux. Faudrait l'abattre, déclara Matthieu, le nez dans son bol. Thomas en eut le souffle coupé. Abattre le grand orme, qui vivait là depuis les temps lointains, bien avant la construction de l'abbaye ! Ah non, Dieu ne le permettrait pas, lui qui avait donné aux moines cette clairière avec le bel arbre au milieu. Tout en lavant les bols, il se demanda quelle branche avait cassé. Il voulait en avoir le cœur net. Puisque le maître d'école se reposait encore à l'infirmerie, il pouvait agir à sa guise. Aussitôt la vaisselle achevée, il courut avec Renaud jusqu'à l'arrière-cour. Des tuiles et des poutres provenant de la toiture jonchaient le sol, mais l'arbre n'avait pas trop souffert et l'écurie serait vite réparée. Frère Géraud inspectait les dégâts. Deux bûcherons du village s'affairaient déjà à débiter la branche abattue. Thomas ausculta du regard son géant blessé qui dressait encore la tête bien au-dessus des humains et des murailles. Il le salua tout bas et se mit au travail avec les autres.

— Voyez ce que je trouve ! cria bientôt l'un des bûcherons depuis les hauteurs. Des petites bottes ! C'est tout de même pas la pie qui les a cachées là ! Du joli cuir, bien ouvragé. Ça pourrait encore servir.

Instinctivement, Thomas se redressa et tendit les mains.

— Ce sera pour les pauvres, intervint frère Géraud.

Thomas acquiesça et continua de tendre les mains d'un air dégagé, malgré son cœur qui s'était emballé et battait comme un tambour.

Il se fichait bien des bottines, désormais trop petites pour lui, mais pas de ce qu'il avait caché dedans. Enfin, le bûcheron se décida à lâcher sa trouvaille. Thomas laissa tomber la première botte et serra l'autre sur sa poitrine. Il ne lui fallut qu'un instant pour agripper des doigts la boule de toile enfoncée à l'intérieur et la faire glisser dans sa manche. Puis il tendit la botte à Renaud, qui s'impatientait.

— Petit, agile, et adroit aussi, murmura-t-il à l'intention de l'inconnu de l'infirmerie.

La boule de toile, retenue à présent dans le creux de son coude, contenait une broche de pierres précieuses, rouges et brillantes, que sa mère avait accrochée à sa tunique le matin du départ. Dans le lointain de ses souvenirs, il voyait encore les doigts fins refermant l'aiguille sur l'étoffe brodée. Et la voix qui disait : « Garde-la contre toi, mon enfant ; c'est un petit soleil rouge pour les jours de tristesse. »

À peine arrivé au monastère, il l'avait dissimulée dans l'arbre avant qu'on ne la lui retire, car un moine ne doit rien posséder pour lui seul.

Aujourd'hui, il fallait la cacher à nouveau. En tournant le dos aux autres, il l'agrafa rapidement à l'intérieur de sa chemise. Celle-ci étant propre d'hier, il avait la paix jusqu'à samedi prochain. Cela lui laissait grandement le temps de trouver un autre abri pour son trésor.

Quand il se retourna, il vit frère Géraud qui l'observait. Grand Dieu, pourvu que le frère infirmier n'aille pas demander une explication à ce petit manège ! Non, il se contenta de désigner le ciel où les nuages en furie surgissaient de l'ouest.

— Bientôt viendra l'été, déclara-t-il, le jour l'emportera sur la nuit, et les forces du diable n'auront qu'à se tenir tranquilles. En attendant, voyez comme elles se rebellent ! Venez, les enfants, ajouta-t-il en ouvrant les bras pour les rassembler. Allons prier, la cloche nous appelle.

En chemin, il posa sur l'épaule de Thomas une main un peu lourde, qui semblait dire : « N'aie pas peur. Chacun a son secret et personne ne saura rien. »

— Pourvu qu'il pleuve, dit Renaud qui les suivait en portant les bottines, cela calmera le vent.

En guise d'accalmie, le vent apporta après midi une pluie fine et mordante qui cinglait les visages, détrempait les manteaux de laine.

Dans la salle d'étude où les enfants recevaient la leçon de grammaire latine, il fallut allumer les chandelles, tant le ciel était lourd. Aucune éclaircie ne survint avant la nuit. À l'heure du souper, alors que la communauté du monastère mangeait en silence la soupe de fèves et la tourte aux épinards, la cloche du village sonna le tocsin pour avertir d'un danger. Dans la grande salle du réfectoire, les moines repoussèrent leur écuelle et joignirent les mains, tandis que le frère portier courait aux nouvelles. Il revint au plus vite pour annoncer, tout essoufflé, qu'un bateau en péril se débattait dans les vagues devant la pointe de La Roque, au risque de se fracasser contre les rochers. Les villageois couraient déjà sur la grève avec des torches, certains pour indiquer au pilote le tracé de la côte, d'autres pour être les premiers à piller la cargaison si lc navire s'échouait.

Frère Géraud se leva sans attendre la fin du repas. Les terres bordant le rivage appartenaient au monastère ; les moines avaient aussi pour mission de sauver ceux qui risquaient leurs vies sur la mer. Vite, il fallait allumer en haut de la tour le feu qui pourrait guider le malheureux pilote et éviter le désastre.

— Renaud, Gerbert, j'ai besoin de vous. Thomas, rejoins-nous avec un pot de braises que tu demanderas à la cuisine. Allez, vite !

En traversant la cour quelques instants plus tard, Thomas marchait le plus rapidement possible, tenant d'une main la lanterne et de l'autre le pot de braises rougeoyantes. Au bas de la tour, il trouva l'escalier à vis qui menait à la plateforme de guet. Il hésita cependant car, devant lui, il y avait une autre porte, dont il ignorait l'existence. Elle devait donner à l'extérieur de l'enceinte, vers les champs et la mer. La barre de bois qui la maintenait fermée était posée à côté, dans un angle du mur. Quelqu'un était donc passé par là ! Thomas n'avait pas le temps de réfléchir davantage. Là-haut, ils avaient préparé les bûches et les brindilles, et attendaient la braise. Il s'engagea dans l'escalier. Mais, tout de même, cette porte... Il se demanda si le camérier venait jusque-là faire sa ronde du soir. Et qui détenait les clefs ? Le frère portier, et frère Géraud sans doute. Dans ce cas, l'infirmier avait la liberté d'aller et venir sans franchir la grande porte de l'abbaye... Thomas était parvenu en haut de l'escalier, d'où il reconnaissait les voix de ses compagnons. Débouchant sur la plateforme, il tendit le pot.

— Matthieu m'a donné aussi du crapois*, dit-il, essoufflé. Il paraît que ça brûle bien, que ça aidera le feu.

— Matthieu a raison, fit frère Géraud en posant le morceau de graisse sur le foin sec qui s'allumait au contact des braises.

Le lard grésilla, quelques flammes timides attaquèrent les brindilles. Malgré la pluie fine qui tombait toujours, le feu grandit. Ils l'alimentèrent doucement afin de ne pas l'étouffer, et bientôt un grand brasier s'éleva dans la nuit.

— Ils vont l'apercevoir depuis la mer? demanda Renaud.

— Bien sûr. Ils sont tout près. Trop près de la côte. Regarde leur lanterne là-bas !

Thomas s'était approché du parapet et scrutait l'obscurité. En effet, on voyait danser une lueur. Celle des hommes en train de lutter contre l'océan.

— Combien sont-ils ?

— Dieu seul le sait. Peut-être y a-t-il à bord des voyageurs pour Nantes ou La Rochelle. Gerbert, remets du bois, veux-tu ?

* Graisse de baleine.

Thomas ne quittait pas des yeux la lueur fragile sur les flots noirs et murmura instinctivement :

— Oh, Seigneur, et vous Marie notre mère, s'il vous plaît, sauvez-les !

— Thomas, à ton tour de nourrir le feu ! ordonna frère Géraud.

Thomas disposa adroitement quelques bûches, s'assura que les flammes mordaient le bois, et revint au parapet. Ses compagnons priaient à voix basse. Soudain, il sursauta : la lumière ne bougeait plus ! Il s'y reprit à deux fois, plissa les yeux pour mieux voir. C'était bien vrai, la lumière était immobile. Le navire venait de s'écraser contre la côte.

— Ah, les malheureux ! gronda tristement frère Géraud.

Chapitre 3

Thomas n'écoutait plus. Il avait saisi une lanterne et dévalait l'escalier de la tour. Il ne savait pourquoi, il devait aller voir sur la grève, comprendre ce qui se passait, aider peut-être. En bas, il n'eut qu'à tirer la porte pour se retrouver dehors. Dehors, de l'autre côté des murs, dans l'immensité des champs, des dunes et des landes ! Il n'était pas seul. La nuit était trouée de halos lumineux qui se hâtaient vers la mer. Il suffisait de les suivre. Sous la pluie fine qui tombait toujours en rafales, il rabattit son capuchon et se mit à marcher. En arrivant à la pointe de La Roque, il découvrit le désastre. Le navire s'était échoué sur un plateau rocheux à quelques brasses du rivage. La voile déchiquetée battait contre le mât. Des silhouettes, des lanternes s'agitaient sur le pont. Malgré les vagues, une barque tentait d'atteindre l'épave. En sauvant les passagers, les villageois s'assuraient une belle récompense. Quant à la cargaison, demain après la marée basse, elle aurait disparu. Ceux qui attendaient sur le sable en rêvaient à voix haute.

— De la laine, des belles étoffes.

— Du vin de Bordeaux pour le roi d'Angleterre.

— Pour la Dame Aliénor, dans son château de Poitiers !

— Bien mieux que ça : des armes, du cuir d'Espagne. Des chevaux peut-être !

Les autres s'esclaffaient. Tout cela valait si cher. Comment croire à pareil trésor ?

Il y eut un mouvement dans la foule lorsque la barque revint vers le rivage, portant quelques rescapés. Thomas s'avança, lui aussi.

Parmi ceux qui se pressaient autour de l'embarcation, il reconnut soudain le jeune homme à la balafre, celui qui dormait la veille à l'infirmerie. Un couteau au poing, il avait de l'eau jusqu'aux genoux et entraînait à l'écart une femme échevelée, hagarde. Celle-ci cherchait à le repousser, appelait à l'aide mais les villageois étaient trop occupés à décharger des sacs qu'ils emportaient au plus vite. Deux enfants terrifiés s'accrochaient à son manteau et elle semblait prête à défaillir. Thomas sentit une colère énorme le submerger. Qu'allait faire ce bandit avec son couteau ? Il semblait capable de tout.

— Arrête ! hurla-t-il, laisse-les en paix

Malgré les efforts de la femme, le jeune homme au couteau s'était emparé d'une bourse.

— Arrête ! répéta Thomas. Et prends ça.

D'un geste rapide, il dégrafa la broche qu'il portait à l'intérieur de sa chemise et la tendit.

L'autre se retourna. La broche luisait doucement à la lumière de la lanterne.

« Un vrai petit soleil rouge », pensa Thomas, la main ouverte.

Le garçon balafré s'approcha, saisit prestement le bijou.

— Maintenant, va-t'en ; laisse-les. Avec ça, tu as de quoi manger pour longtemps.

Au même instant, sans que Thomas sût comment ni pourquoi, la plage fut plongée dans l'obscurité. Il entendit encore quelques pas étouffés puis plus rien. Après avoir cherché en vain sa lanterne, il remonta en trébuchant jusqu'au sommet de la dune. Là, il comprit : les villageois s'étaient éclipsés, tous feux éteints, par peur de rencontrer frère Géraud qui arrivait de l'abbaye avec une charrette et quelques hommes armés. Un guetteur posté sur la dune avait dû avertir les pilleurs. Ils avaient disparu, emportant le butin qu'ils allaient enfouir dans les repaires de la forêt, et revendre au plus vite. L'inconnu au couteau n'était plus là, bien sûr. Il s'était enfui avec le petit soleil rouge caché dans sa tunique. Thomas se demanda s'il avait bien fait de s'en séparer, après l'avoir gardé tant d'années. Il lui sembla qu'il saurait s'en passer lorsque reviendraient les jours de tristesse. À condition cependant que sa perte serve à quelque chose ! Et ce qu'il espérait de toutes ses forces, c'était que la belle femme au manteau ait pu échapper au Balafré. Il la chercha des yeux, s'évertua à fouiller l'obscurité du haut en bas de la grève, sans la trouver. Devant la barque qui ramenait de nouveaux rescapés, frère Géraud donnait des ordres, poussait le groupe chancelant vers la charrette. À côté de lui se tenaient les petites silhouettes de Gerbert et Renaud. Thomas résolut de les rejoindre au moment où le cortège remontait la pente.

— Tu t'es enfui ! chuchota Renaud. Frère Géraud était furieux.

— Tu vas être convoqué au parloir, renchérit Gerbert.

Thomas haussa les épaules. Il ne craignait pas vraiment les remontrances de frère Géraud. Leurs deux secrets étaient à présent réunis puisque le Balafré courait sur la lande avec le trésor qui provenait du grand arbre.

En regagnant le dortoir ce soir-là, Thomas était sûr que le chien ne viendrait pas. Il osa même penser que la tempête l'avait peut-être noyé à jamais.

Ce qui advint en revanche fut bel et bien une convocation dans la salle du chapitre* dès le lendemain.

Frère Géraud attendait seul, le visage sévère.

— Thomas, cette fois, tu me dois des explications.

Thomas se campa droit devant lui.

— J'ai couru parce que je voulais les sauver.

* Salle donnant sur le cloître, où se réunit l'assemblée des moines (cette assemblée s'appelle aussi le chapitre).

— Tu as franchi sans autorisation la porte du monastère ! C'est une faute grave. Et, dis-moi, tu comptais les sauver comment ? Avec tes mains nues ?

— Eh bien oui. Avec mes mains nues. Et je l'ai fait. Heureusement que j'étais là ! Parce que votre protégé, le Balafré qui dormait l'autre jour dans l'infirmerie, il était là lui aussi, et ce n'était pas pour les sauver !

Thomas s'emportait. Ça lui faisait du bien. Il en profitait puisque frère Géraud le laissait parler.

— Il jouait du couteau. Il s'attaquait à une dame toute pâle, toute blanche. Je lui ai donné un bel objet, ce que j'avais de mieux, pour qu'il cesse. C'est comme ça qu'il vous remercie, de l'avoir nourri et soigné ?

— Thomas, je ne soigne pas les êtres pour qu'ils me remercient. Ils sont les enfants de Dieu, comme moi. Ce garçon balafré, comme tu dis, tremblait d'épuisement et de faim quand je l'ai trouvé à la lisière de la forêt. Ne fais pas cette tête étonnée. Oui, je vais dans la forêt, et aussi sur les dunes. Je cherche des plantes qui soignent, tu le sais bien. Mon jardin ici n'est qu'un reflet de la création divine. Il ne contient pas tout.

Thomas battit des cils. Il attendait la suite.

— Un jour avant les vêpres, poursuivit l'infirmier, j'ai trouvé ton Balafré, si épuisé qu'il allait tomber. Il avait de la bave aux lèvres, comme un coursier poussé à bout. Depuis le matin, il était poursuivi par les chevaliers de Marche noire qui le traquaient parce qu'il avait pris un faisan sur les terres de leur sire. Connais-tu la loi des seigneurs, Thomas ? Celui qui ne la respecte pas est pendu. On entendait déjà les chiens aboyer. Peut-être l'auraient-ils dévoré... J'ai ouvert la porte de la tour. Il s'est reposé à l'infirmerie. Il est reparti hier, peu après ton passage.

Dressé de toute sa stature, frère Géraud parlait calmement et Thomas sentait fondre sa colère.

— À peine était-il dehors qu'il cherchait à voler, reprit-il pourtant, à piller des pauvres gens sans défense !

Frère Géraud soupira.

— Si je n'avais pas ouvert la porte, ils l'auraient pendu sans délai, au premier arbre de la forêt. Je ne sais que te dire. Le reste appartient à Dieu. Tu peux prier pour qu'un jour, il lâche son couteau.

Thomas fit un signe de tête, pensant que l'entretien s'achevait là. Mais frère Géraud n'avait pas terminé.

— Thomas, tu t'es enfui hier parce que tu voulais voir dehors, de l'autre côté du mur. Tu es monté à l'arbre pendant toutes ces années pour la même raison.

— Le saviez-vous ?

— Non, tu es très habile. Je ne te reproche rien. La règle de ce monastère n'interdit pas de grimper aux arbres. Ils permettent de se rapprocher du ciel, n'est-ce pas ?

Thomas acquiesça.

— Écoute-moi...

La voix de frère Géraud était devenue si grave que Thomas en fut aussitôt alerté.

— Il te sera bientôt permis de voir le monde autant que tu voudras. Nous avons reçu récemment une lettre de ta famille, signée par ta mère et ton oncle, en l'absence de ton père. Ils demandent à notre monastère de bien vouloir te rendre à eux... Ton frère aîné a trouvé la mort à la fin de l'hiver, au cours d'une partie de chasse. Tu es désormais l'héritier des Poulfenc.

Thomas avala sa salive plusieurs fois et demanda à frère Géraud de répéter la nouvelle. L'infirmier s'exécuta avec une grande patience.

— Si je décidais de ne pas rentrer là-bas ? Si je préférais rester ici ? murmura Thomas quand il fut certain d'avoir bien compris.

— Le monastère ne s'opposerait pas à ton choix. Mais réfléchis bien. Ta famille a besoin de toi, afin que demeure le nom de ton père et de tes ancêtres.

Thomas n'avait rien à répondre. Il avait l'impression de glisser dans un trou sans fin.

— Ceux qui viennent te chercher sont déjà en route. Il est écrit qu'ils arriveront au début du mois de mai, reprit frère Géraud. D'ici là, cette nouvelle est ton secret. Tu la partages avec qui tu veux. Moi, je ne dirai rien.

Thomas sortit de la salle et marcha très lentement dans la galerie du cloître, suivit les allées du petit jardin, se rinça les mains et le visage à la fontaine qui occupait le centre du carré de verdure. Des voix bourdonnaient dans ses oreilles. L'une parlait des mille chemins qui s'ouvraient à lui, des découvertes qu'il n'aurait jamais faites au monastère, des salles de banquet, des filles aux yeux clairs, des chevauchées dans la forêt... L'autre évoquait la dure loi des seigneurs, les champs de bataille, le rire cruel des guerriers, les mensonges et les querelles. Des images se succédaient, qu'il tentait de chasser. La peur se mêlait à l'espoir. Il finit par s'asseoir sous une arcade du cloître et s'efforça de penser à ce frère disparu qu'il ne reverrait plus.

Aubin était de cinq ans son aîné. Pour apprendre son métier de chevalier, il avait quitté le château de Poulfenc lorsque Thomas était tout petit. Leur père l'avait confié à un cousin prestigieux, un grand seigneur de Normandie, chez qui Aubin s'était entraîné à manier la lance et l'épée, à dresser les chevaux et les faucons, à sourire aux dames. Thomas savait qu'il était blond comme leur mère mais aucun portrait précis ne venait à son esprit lorsqu'il essayait de se souvenir. Il l'imaginait grand et fort du haut de ses dix-sept ans, l'âge d'être un homme et de diriger un château. Aubin avait dû rentrer de Normandie lorsque le père était parti en Terre sainte, afin que la seigneurie de Poulfenc ne reste pas sans chef capable de la garder belle et intacte. Et voici qu'à présent c'était lui, Thomas, le maître de Poulfenc, jusqu'au retour du père. Comme cette brusque nouvelle pesait lourd ! Où trouver la force d'affronter tant de nouveautés ? En même temps, les paroles de frère Géraud lui revenaient : « Tu voulais voir de l'autre côté du mur ! » Oui, c'était bien vrai. Derrière le mur, il y avait la vie désordonnée, si différente de la règle stricte du monastère, le monde dangereux et attirant, l'empire du diable... Il était temps d'y aller voir, ne serait-ce que quelques mois. Comment savoir autrement s'il voulait rester moine ou devenir chevalier ?

Thomas se leva d'un bond, bien décidé à franchir la muraille sans délai. Il envisagea d'abord une sortie par la tour de l'Aiglonne, mais la porte fermée à clef résista à toutes ses tentatives. Il se rabattit donc vers la grande entrée et se demandait comment il allait déjouer la surveillance du frère portier, lorsqu'il vit celui-ci chargé de paniers, attendant sous le passage voûté.

— Ah te voici ! J'espère que tes compagnons te suivent de près. À nous deux, impossible de porter tout ça jusqu'à la salle de l'hôtellerie !

Thomas se souvint que c'était le jour des pauvres. Le frère aumônier, qui était chargé des dons et œuvres charitables du monastère, avait rassemblé les vêtements usagés, délaissés par les moines après l'hiver. Chaque année au printemps, les chausses, les chaussures, les chemises de chanvre empilées dans des paniers étaient offertes aux pauvres. Tandis que Matthieu restait à la cuisine devant le four à pain, les trois autres garçons participaient à la distribution des vêtements, et Thomas fut naturellement autorisé à franchir la porte du monastère pour gagner l'hôtellerie.

Lorsque tout fut disposé sur la longue table dans la salle des hôtes, il aperçut avec un pincement au cœur ses bottines rouges placées au milieu des lourdes galoches d'hiver. L'enfant du village qui allait en hériter aurait bien de la chance...

Après la cloche de none*, les villageois eurent le droit d'entrer, et ce fut aussitôt la bousculade. Il fallut la voix autoritaire du frère portier pour rétablir l'ordre. Chacun attendit patiemment de recevoir à la fois un vêtement et un pain rond. Il était interdit de se servir soi-même. Cependant, Thomas ne tarda pas à repérer une petite main brune qui cherchait à saisir les bottines.

— Repose ça tout de suite ! dit-il d'une voix sèche.

La petite main appartenait à une fillette aux yeux noirs, malpropre et frêle, venue sans père ni mère.

— Où sont tes parents ?

* Office de la neuvième heure du jour ; le premier de l'après-midi.

Elle ne répondit pas, n'osait plus toucher le joli cuir rouge, et tout son corps tremblait tant elle en avait envie. À la voir hésiter ainsi devant le si beau cadeau qu'elle risquait de perdre, il se sentit tout attendri et se pencha par-dessus la table pour regarder ses pieds : nus et crasseux, pas bien grands.

— Essaie-les.

À peine avait-il prononcé cette phrase que la fillette était à terre, enfilant les bottes. En un clin d'œil, elle se remit debout.

— Pas trop petites ?

Elle secoua la tête. Voulant en avoir le cœur net, il contourna la table et se baissa pour sentir l'orteil sous le cuir. En effet, c'était la bonne taille. Elle souriait, baissait les yeux à chaque instant pour admirer ses pieds si bien chaussés. Elle fit un léger salut, auquel il répondit, en la regardant s'éloigner. La chance était tombée sur elle ; il était tout content.

— Tu ne lui as pas donné de pain, remarqua Gerbert.

Du pain ! Mais oui, bien sûr. Il avait oublié ! Confus, Thomas saisit une miche bien dorée et courut jusqu'à la porte. Il fit trois pas dehors, pour s'arrêter net. Devant lui, dans la rue empierrée qui descendait vers le village, la fillette aux bottines rouges marchait, la main dans celle d'un grand gaillard qu'il aurait reconnu entre tous : le Balafré !

Il se garda bien de crier, mais sentit la colère lui tordre à nouveau le ventre. Celui-là allait-il donc le dépouiller de tout ? La broche et puis maintenant les bottes ! Pourquoi diable était-il toujours sur son chemin ?

Chapitre 4

Quelques jours plus tard, au réfectoire, Renaud approcha son écuelle le plus près possible de celle de Thomas et chuchota de manière imperceptible, afin de respecter le silence obligatoire pendant les repas.

— Aujourd'hui, j'ai lavé les pieds des voyageurs à l'hôtellerie. J'ai rencontré un certain Raymond de Poulfenc.

Thomas ne fut pas surpris, et même plutôt soulagé. Il s'y attendait depuis l'entrevue avec frère Géraud.

— Qu'a-t-il dit ?

— Qu'il venait te chercher.

— Il a raison. Je m'en vais.

Voilà, c'était dit et c'était tout simple. Thomas avait exprimé sa décision sans hésiter. Il réalisa en la formulant à quel point cela sonnait juste. Oui, il avait envie d'aller voir dehors, ailleurs, loin, jusqu'à Poulfenc et peut-être au-delà. Il avait envie de grandir dans sa famille, même s'il manquait son père et son frère aîné ; il était prêt à se mesurer aux autres, à affronter les jours difficiles, à goûter de grands bonheurs.

De son côté, Renaud reçut la nouvelle en mangeant sa soupe avec des gestes calmes et précis, comme lui avaient enseigné les moines.

Puis il s'essuya la bouche :

— C'est ton oncle, n'est-ce pas ? Un homme fort aimable... et bavard. Il nous a dit que ton frère était mort. Quelle affreuse nouvelle !

Thomas retint un soupir. À peine arrivé, son oncle étalait les malheurs de la famille ! Une attitude bien éloignée de la discrétion qu'imposait la règle du monastère. Mais s'il s'en retournait vers le monde, il devrait s'habituer à toutes sortes d'excès et c'était déjà beaucoup de savoir que son oncle n'était pas un méchant homme.

Il sourit à Renaud et coupa en parts égales le fromage frais posé sur la table.

La rencontre eut lieu le lendemain dans le parloir, en compagnie de frère Géraud.

Thomas fut très satisfait de l'entrevue. Il reconnut à peine son oncle, qui n'habitait pas au château lorsqu'il était petit. Raymond de Poulfenc était le frère de son père. Un homme grand, aux manières courtoises, qui se montra immédiatement plein de bienveillance :

— Ainsi, tu es l'héritier des Poulfenc, celui que nous avions recommandé à Dieu mais que nous gardions dans nos cœurs.

Thomas s'inclina :

— Je vous salue, mon oncle. Je suis prêt à regagner avec vous le domaine de mon père. Faites-moi savoir le jour où vous souhaiterez partir. D'ici là, si vous le permettez, je continuerai à respecter la vie de ce monastère.

Depuis le matin, il tournait la phrase dans sa bouche et il en était assez fier.

Dès que Raymond de Poulfenc et frère Géraud eurent donné leur approbation, il quitta le parloir. Nul besoin de s'attarder davantage, il aurait bien le temps de faire la connaissance de son oncle durant le voyage. Pour l'heure, les deux hommes avaient à discuter du moulin et du pont du Pas de Pernette que son père avait légués au monastère. Thomas était certain que frère Géraud n'accepterait pas de s'en séparer, et c'était tant mieux. Ces possessions devaient rester dans les livres de comptes comme trace de son séjour ici. Et puis, qui sait, peut-être reviendrait-il un jour prendre la robe de moine, pour fuir le monde des chevaliers si ceux-ci ne l'accueillaient pas bien.

Ils partirent le jour de la Saint-Honoré, après l'office de prime *.

Dans la lumière du petit matin, le ciel paraissait transparent, lavé de toute colère, et Thomas pensa que c'était de bon augure. Personne n'assista au départ, hormis frère Géraud et le frère portier. La veille, Thomas avait fait ses adieux à tous, remercié Dieu et l'ensemble des moines, embrassé Renaud, Gerbert et Matthieu qui avaient partagé avec lui le dortoir, les corvées, les leçons, et si peu de secrets. Avec l'aide de frère Grégoire, il avait rassemblé ses vêtements et tout ce qu'il laissait au monastère. Il n'emportait rien. Pour le voyage, son oncle lui avait remis une paire de bottes, une tunique et un manteau, trop grands pour lui mais de belle qualité et tout à fait dignes d'un fils de seigneur.

Au matin du départ, il alla saluer son arbre, lui chuchota des mots d'adieu et caressa le tronc sans chercher à y grimper.

* L'office de prime a lieu vers 6 heures du matin.

— Vous voyez, je suis libre, dit-il encore aux hautes branches avant de s'éloigner.

La grande porte était ouverte. Il s'installa à cheval derrière l'un des écuyers. L'oncle Raymond n'avait pas amené de monture supplémentaire et Thomas n'était pas assez bon cavalier pour chevaucher seul au même rythme que les autres.

Le plus difficile fut de quitter frère Géraud. Ne sachant que dire, Thomas joignit les mains et balbutia un « merci » qui venait du fond de son cœur.

— Que Dieu te vienne en aide, fit le moine d'une voix émue, au moment où le petit groupe s'engageait sur le chemin de pierre.

Thomas se retourna.

— Oui, mon garçon, il te reste une grande chose à accomplir : devenir Thomas de Poulfenc.

Thomas acquiesça gravement et agita la main.

Ils contournèrent l'abbaye puis prirent la direction du nord-ouest. Thomas s'efforçait de ne penser à rien, de se concentrer sur toutes les surprises que le voyage allait lui offrir. La tour de l'Aiglonne et le sommet du grand orme furent les derniers éléments du monastère à disparaître.

Une fois qu'il fut certain de ne plus rien distinguer dans le lointain, il se cala comme il put sur la croupe du cheval et regarda droit devant lui.

Après avoir dépassé les salines, au moment où la route s'enfonçait dans les terres, ils rencontrèrent une fillette, la besace sur l'épaule, qui buvait de l'eau dans le creux d'un fossé. Thomas eut tôt fait de remarquer les bottines rouges et fit signe à l'écuyer d'arrêter le cheval. La petite se redressa.

— Tu t'en vas ? demanda-t-elle en le reconnaissant.

— Oui, je retourne dans mon château de Poulfenc, en pays de Bretagne. Toi aussi, tu t'en vas ?

— C'est mon frère qui veut. Il dit qu'on est obligés, à cause des...

Elle s'interrompit, obéissant à Thomas qui avait posé un doigt sur sa bouche. Il devinait la suite : « à cause des chevaliers de Marche noire qui le pourchassent ». Et la petite allait dire ça devant les écuyers de l'oncle Raymond ! Qui sait comment ceux-ci auraient réagi ! Le domaine de Marche noire étant tout proche, il était facile d'y conduire deux coupables en fuite.

Le cheval de Thomas se remit en marche. La fillette avait compris et venait de disparaître derrière le taillis.

— Tu connais cette pauvresse ? Tu sais où elle va ? s'enquit Raymond de Poulfenc.

— Elle habite le village. Elle va s'installer un peu plus loin avec son frère... À cause de la tempête qui a ravagé sa maison.

L'oncle reprit la tête de la petite colonne.

« J'ai à peine quitté le monastère et je viens déjà de mentir », pensa Thomas.

Pourtant, il ne regrettait rien ; il lui était insupportable d'imaginer la fillette aux bottines rouges pendue à la branche basse d'un arbre à côté du Balafré. Il pria Dieu de la protéger, et son frère aussi, tout Balafré qu'il fût.

Raymond de Poulfenc portait à la ceinture une bourse bien garnie et dépensait avec largesse. Chaque soir, le petit groupe faisait halte dans une bonne auberge. Thomas était enchanté. Il découvrait le pain blanc, le goût du vin, les viandes rôties, le gingembre et le poivre. Quelles délices apportait la vie à l'extérieur du monastère ! De jour en jour, il se sentait plus à l'aise sur un cheval, ses compagnons ne semblaient pas le dédaigner et, lorsque la route devenait lassante, l'oncle avait toujours quelque chose de plaisant à raconter.

Un soir, après avoir traversé la Loire, ils s'arrêtèrent dans une auberge de pierre brune où l'on fêtait le mois de mai. Les convives étaient vêtus avec soin, les femmes portaient des couronnes de fleurs, des guirlandes multicolores décoraient les murs. Tandis que le repas s'achevait, les plus jeunes se mirent à danser dans la cour, sous le beau ciel clair. Il faisait chaud dans la salle, les assiettes de friandises passaient de table en table ; on commandait du vin pour s'éclaircir le gosier. Un des convives, le nez un peu rouge, se leva pour déclamer un poème en l'honneur des femmes, en hommage à Margot et Catherine, Édith et Guillemine, à leurs jupons et à ce qu'elles cachaient dessous. L'assemblée éclatait de rire et répétait avec lui, tandis qu'un musicien pinçait en cadence les cordes d'un luth. Les pichets de vin frais, tendus à bout de bras, faisaient le tour des tables et les lampes à huile illuminaient les visages. Thomas ouvrait grand ses yeux et ses oreilles. Cette fête était si inattendue, si belle ! Pourtant, Raymond de Poulfenc, assis à côté de lui, ne semblait pas de cet avis. Réclamant un gobelet puis un autre, il tapotait des doigts sur la table pour exprimer son agacement.

— Quel niais ! Aucun talent, vraiment ! l'entendait marmonner Thomas.

À la fin du chant, l'oncle se leva brusquement, demanda au musicien de l'accompagner et entama une longue tirade à son tour. Les bavardages cessèrent. Bientôt, le silence fut total. Thomas n'eut aucune peine à se laisser envoûter. C'était splendide. Les mots pénétraient à l'intérieur du cœur, montaient à la gorge, descendaient jusqu'au ventre. Ils parlaient d'amour, disaient à la bien-aimée qu'elle était à la fois l'hirondelle et la renarde, le ciel clair et la nuit troublante, parlaient de l'amoureux, le comparait à la feuille de l'arbre, tantôt tremblant dans le vent de la jalousie, tantôt ébloui par le bonheur. Thomas sentait les larmes lui piquer les yeux. Jamais il n'aurait soupçonné que les mots pouvaient contenir une telle force. Jamais, malgré les discours qu'il savait écrire, il n'aurait osé les manier ainsi. Il était bouleversé. Heureusement, la chanson s'achevait, car il allait s'effondrer en pleurs. Raymond reçut avec élégance les applaudissements et les regards admiratifs des femmes qui lui lançaient des fleurs arrachées à leurs couronnes. Avant de s'asseoir, il se tourna vers Thomas et lui dit bien distinctement, comme s'il voulait que tout le monde l'entende :

— Mon neveu, tu sauras désormais que Raymond de Poulfenc est poète : celui qui trouve les mots et les offre aux autres, grâce au talent que Dieu lui a donné.

Étonné, un peu gêné, Thomas s'inclina respectueusement.

Tandis que son oncle se faisait servir un gobelet de vin, il sentit monter en lui une petite voix sourde qui le mettait en garde... Contre trop d'émotions ? Trop de nouveautés ? De beautés dangereuses ? Il ne savait pas précisément. Peut-être contre un danger à venir... Il décida de la faire taire et suivit les écuyers dans la cour, où il observa la danse sans oser s'avancer. Tout en battant des mains pour marquer le rythme, il jetait de temps en temps un coup d'œil vers la salle où l'oncle trinquait avec de nombreux admirateurs. Les gens riaient, certains s'embrassaient. La fête était partout. Ce fut une soirée inoubliable.

Lorsqu'il alla se coucher, bien tard, sur l'une des paillasses de la soupente, il avait les joues enfiévrées et s'endormit aussitôt.

Au milieu de la nuit, le chien reparut. Thomas le voyait venir du fond des ténèbres et ne pouvait bouger. Outre les crocs, éclatants de blancheur sur le ciel sombre, il distinguait le collier aux pointes acérées qui protégeaient le cou de la bête mais pouvaient si bien s'enfoncer dans la gorge d'un autre. Le danger approchait, les mâchoires semblaient plus redoutables que jamais. Le visage terrifié que Thomas avait entrevu les autres fois restait dans l'ombre, et c'était sur sa propre tête que les crocs luisants voulaient se refermer. Il se réveilla, les tempes battantes, trempé de sueur. Frère Grégoire n'était pas là, aucune lumière n'adoucissait la nuit. Longtemps, il guetta une cloche, qu'il finit par entendre au loin, et s'accrocha à elle pour attendre les premières lueurs du jour. Au milieu des ronflements des dormeurs, il perçut à nouveau, au fond de lui, une voix minuscule qui lui recommandait d'être vigilant. Il ne comprenait pas quel danger le menaçait. Sur la route, accompagné de son oncle et des deux écuyers, il n'avait rien à craindre. À Poulfenc, où tout le monde l'attendait, il serait chez lui. Que risquait-il ?

Il ne chercha pas à se rendormir, se leva dans l'aube grise et se sentit mieux après avoir plongé la tête dans le baquet d'eau près du puits. La patronne de l'auberge lui tendit un bol de bouillon fumant, qu'il but à petites gorgées sur le banc adossé à la maison. Le musicien vint le rejoindre après sa toilette du matin.

— C'est plus facile d'être propre l'été. Au premier ruisseau, on peut se tremper et laver sa chemise. L'hiver, c'est dur. Faut attendre d'être dans une ville pour aller aux bains.

— Tu marches tout seul ?

— Le moins possible ; je préfère voyager avec des pèlerins ou des marchands. Le mieux, ce sont les jongleurs. Il y en a toujours un qui sait jouer de la flûte, les autres inventent toutes sortes de pitreries. L'autre jour, j'ai joué avec un groupe qui faisait danser une chèvre déguisée en jeune fille. Les gens autour de nous en pissaient de rire.

Thomas était abasourdi. Une chèvre déguisée en jeune fille ! Les moines auraient trouvé cela diabolique. Il se demanda si ça lui arriverait un jour, à lui aussi, de « pisser de rire » dans les fêtes.

— Je dis des poèmes, les miens et ceux des autres. Ils sont moins beaux que ceux de ton oncle ! Si c'est lui qui écrit, c'est un grand poète, un vrai troubadour, digne d'être présenté à la reine Aliénor !

Le musicien avait l'air de s'y connaître et Thomas l'écoutait avec avidité. Il apprit mille choses sur les textes des troubadours, que l'on doit savoir réciter le mieux possible, sur la vie errante des jongleurs et tout ce qu'ils savaient faire pour distraire les gens dans les châteaux et les tavernes.

Raymond de Poulfenc les trouva en pleine discussion, le bol entre les mains, se chauffant aux premiers rayons du soleil.

— Il y a quelques instants, nous parlions de vous, mon oncle, et de vos talents !

L'oncle lui rendit son sourire.

— En route, si nous voulons être à la maison demain avant la nuit.

Le musicien fit un bout de chemin avec eux, monté en croupe derrière le deuxième écuyer. L'oncle était très enjoué ; ils parlèrent de musique et de poésie, de Bernard de Ventadour, le troubadour chéri de la reine Aliénor, installé à sa cour...

Lorsque l'homme descendit de cheval, devant la croix d'un carrefour, Thomas entendit l'oncle Raymond l'inviter chaleureusement à venir au château distraire la châtelaine Isabelle qui avait perdu son fils aîné et attendait son époux, parti guerroyer en Terre sainte. Une fois de plus, il le trouva bavard et se dit qu'il aurait dû faire cette proposition lui-même, avec plus de sobriété. Après tout, le maître de Poulfenc, c'était lui à présent !

— Tu savais, toi, que mon oncle écrivait de si belles choses ? demanda-t-il un peu plus tard à l'écuyer assis devant lui.

— On en cause au château. Il paraît que ça fait longtemps ! Mais il y a seulement quelques mois qu'il consent à les dire en public, répondit le jeune homme, qui contenait mal son admiration.

— Il sait se battre aussi ?

— Bien sûr. Je l'ai déjà vu menacer un sanglier à l'épieu. Ton oncle Raymond est très habile à la chasse.

Il semblait prêt à bavarder. Thomas en profita pour aborder une question qu'il n'osait poser à son oncle et qu'il ne pourrait pas non plus demander à sa mère : la mort d'Aubin. Qu'était-il arrivé exactement ? Quand ? Quelle était sa blessure ? Pourquoi la chasse était-elle si violente ?

Le jeune écuyer était au château au moment de l'accident et il avait beaucoup à dire.

— C'était peu après la chandeleur, il faisait un beau temps d'hiver, très froid. Ton oncle, passionné de chasse comme je viens de te dire, a lancé l'idée d'une battue au sanglier. Il rêvait d'un festin et cherchait un jeune mâle né au printemps dernier, encore tendre et déjà fort de goût. Il fallait bien sûr laisser tranquilles les femelles, prêtes à mettre bas dès le mois de mars. Ton frère a été emballé par cette proposition, qui égayait les jours mornes de la fin d'hiver. Il aimait courir le gibier, mais ce qu'il préférait, c'était la chasse au vol. Il savait dresser les faucons comme personne... Bref, tout le monde au château s'est mis aux préparatifs. Madame Isabelle, ta mère, a donné son accord. Ton oncle Raymond disait que l'on dédierait cette fête à ton père, parti depuis un an. Elle a trouvé que l'idée était belle et a invité des connaissances. Tout était prêt ; il fallait trouver la bête. Le vieil Albert, le veneur de ton père, a repéré un matin une harde où il a compté plusieurs jeunes. Nous y sommes allés le jour même. Nous n'étions pas très nombreux, à peine une dizaine. L'endroit était assez éloigné, dans la forêt de Malbrêche. Ton oncle et ton frère caracolaient devant et discutaient de façon très animée. Par la suite, je me suis demandé s'ils ne se disputaient pas. Mais je ne crois pas. Ton oncle riait. D'ailleurs, ils s'entendaient très bien tous les deux. Un peu avant d'arriver, ton frère a piqué un galop, personne n'a su pourquoi. Il a disparu. Nous l'avons appelé, cherché, un temps infini. Peine perdue ! La forêt de Malbrêche est très dense, avec des creux profonds semés de rochers, et l'ombre s'épaississait. Nous sommes rentrés sans lui. Quelle affreuse nuit, en attendant le lever du jour ! Ton oncle et ta mère étaient fous d'inquiétude. Aubin a été retrouvé le lendemain matin. Il était tombé de cheval et avait dû se briser la nuque. Personne ne pouvait plus rien pour lui. Ta mère s'est effondrée, ton oncle s'est occupé de tout. Depuis, il n'est plus le même. Il aimait beaucoup ton frère...

Il se tut et Thomas resta silencieux, essayant de se forger une image juste de son frère. Ce qu'il ressentait surtout, avec une grande force, c'est qu'il serait bien difficile de s'installer à Poulfenc et de prendre la place de ce beau jeune homme aimé de tous.

Chapitre 5

Raymond de Poulfenc dut frapper longtemps, d'abord du plat de la main puis de toute la force de ses poings. Personne ne répondait. Au moment où la petite troupe allait tenter sa chance à l'autre porte, qui donnait vers les champs, on finit par entendre le grincement d'un volet à la fenêtre de la chambre haute. L'écuyer recula et leva sa lanterne pour éclairer les visages.

— Ah ! C'est vous, Messire Raymond ! fit une voix dans l'obscurité.

— C'est ainsi que tu nous reçois !

— Ils sont tous à la grande salle... Et moi je garde le chemin de ronde. Alors, vous pensez si j'ai à faire !

Il fallut encore attendre que l'homme de garde descende ouvrir la petite porte taillée pour les piétons dans le lourd vantail de bois.

— Je ne comprends pas que personne n'ait guetté notre arrivée ! s'impatienta l'oncle.

— Tout est fermé ! marmonna l'homme en replaçant la barre de métal dans les encoches de pierre. C'est Madame Isabelle qui l'a ordonné. Elle n'était pas tranquille. Ah, voici notre jeune maître, ajouta-t-il en apercevant Thomas. Venez vite vous mettre au sec.

Il tombait en effet une pluie fine, désagréable, qui alourdissait les manteaux de laine brute. Thomas était épuisé. Pour arriver avant la nuit, il avait fallu se lever à l'aube et forcer l'allure jusqu'au soir. Une journée entière de cheval sans poser pied à terre ou presque, c'était trop pour lui. Il rêvait d'un succulent repas suivi d'un bon lit, et la perspective d'une réunion dans la grande salle ne l'enchantait pas. Grelottant de fatigue, il suivit l'homme qui le guidait en levant sa torche. Dans la cour, il ne put s'empêcher de regarder autour de lui. La nuit avait surpris les voyageurs avant leur arrivée à Poulfenc, effaçant dans l'ombre les paysages que Thomas aurait aimé reconnaître. À présent, malgré l'obscurité, il se sentait dans un univers familier. La lourde porte surmontée d'une tour n'avait pas changé. Depuis la chambre haute, on pouvait baisser ou relever le pont qui enjambait le fossé, et il se souvenait des hommes peinant à manœuvrer le treuil pour enrouler la chaîne. Parce qu'ils rechignaient devant tant d'effort, le pont était presque toujours baissé. Il est vrai que les seigneurs de Poulfenc ne craignaient pas grand-chose. Ils avaient promis respect et obéissance au roi d'Angleterre Henri Plantagenêt, qui avait étendu sa domination sur tout l'ouest du royaume de France. Dans ces territoires vivant sous sa poigne autoritaire, les attaques étaient rares.

L'ancienne palissade de bois élevée par le grand-père de Thomas avait disparu, et le logis accolé à la grosse tour lui parut plus vaste qu'avant. C'était là, aux fenêtres du premier étage, que brillaient les lumières.

— Enfin, quelle idée de faire ouvrir la grande salle ! s'irrita Raymond de Poulfenc.

Afin de l'apaiser, le sergent se lança dans une longue explication.

— C'est que nous avons ce soir la visite d'un chevalier qui revient de Terre sainte. Il appartient à la maison du sire de Rohan. En rentrant chez lui, il est passé par ici remettre une lettre de notre maître, messire Robert, écrite par lui-même, là-bas au pays des sarrasins. Vous imaginez la grande joie qu'il nous fait ! Madame Isabelle et nous, toute la maisonnée, nous l'accueillons du mieux que nous pouvons. Certains sont montés du village, le curé est là aussi.

Thomas en oublia sa fatigue. Une lettre de son père, venue de si loin sous la cuirasse d'un chevalier, arrivait en même temps que lui. Quelles nouvelles extraordinaires pouvait-elle contenir ?

Tandis que l'oncle Raymond donnait des ordres concernant le logis qu'il occupait dans l'une des tours, Thomas se dirigea vers la salle. Instinctivement, il retrouva le chemin, contourna le puits, longea la cuisine, gravit l'escalier à vis. Sur le seuil, il s'arrêta, surpris par le silence attentif de l'assemblée rivée à la voix claire d'une jeune fille qui lisait la lettre :

« Depuis que nous avons rejoint le roi Amaury de Jérusalem, nous nous acharnons à conquérir le pays du Nil, d'où sont lancées toutes les attaques contre nous. Malgré les groupes de guerriers bien armés qui arrivent d'Occident, nous ne sommes pas assez nombreux. Pour résister, nous devons attiser les querelles entre nos ennemis, pactiser avec certains et lutter contre d'autres... »

Thomas laissait son regard courir sur l'assistance. Sa mère était assise sur le siège à haut dossier qui dominait les autres. Il ne distinguait pas son visage, encadré par le voile, mais la savoir là, si près, faisait battre son cœur. À côté d'elle, le chevalier du sire de Rohan écoutait avec attention, hochant la tête à tout moment. À cause de la fraîcheur du soir, on avait fait monter des braseros. La pièce était belle, les murs peints d'oiseaux multicolores, d'arbres luxuriants et de guerriers en armure. Sous la voûte aux nervures bleues, la voix de la jeune liseuse s'amplifiait :

« J'étais parmi les représentants d'Amaury qui ont signé le pacte dans le palais d'al-Adid, le calife du Caire. Nous avons pris place dans une salle aux tentures de soie couvertes d'or, de rubis et d'émeraudes. Jamais roi de chez nous, qu'il soit de France ou d'Angleterre, n'a pu étaler tant de richesses. Nous avons exigé que le calife enlève son gant afin de prêter serment, à la manière des chrétiens. »

Il y eut un mouvement près de la porte. L'oncle venait de pénétrer dans la salle. Après un rapide coup d'œil, la jeune fille, imperturbable, continua sa lecture.

Debout, le sourcil froncé, Raymond de Poulfenc fut donc contraint d'écouter la suite du message au lieu de rejoindre Dame Isabelle et présider la soirée à côté d'elle.

« Vous ne pouvez savoir les souffrances que nous endurons à vivre dans ce pays sans eau. Pour atteindre la ville de Bilbeis, nous avons entassé des centaines d'outres remplies sur le dos des chameaux. Ces étranges animaux sont moins rapides que nos chevaux, mais supportent de ne pas boire du tout. Malgré la soif et la chaleur, qui mord plus fort que les pires froidures, nous avons pris la ville... »

La jeune fille en robe bleue avait presque fini de dérouler le parchemin. Les derniers mots de Robert de Poulfenc s'adressaient plus personnellement à ceux qu'il aimait, restés au pays : « Je recommande à Aubin... »

Un frémissement parcourut la salle.

Thomas jeta un regard éperdu à sa mère, qui avait porté ses mains à son visage mais se ressaisit aussitôt.

« ... d'être obéissant à sa mère, qui prendra toute décision conjointement avec mon frère. Je salue tendrement mon épouse Isabelle. Que Dieu lui accorde sa protection. Enfin, chaque jour devant la plaine brûlée, devant les ruines des villes, je regrette l'absence de mon frère

Raymond, qui a eu la sainte idée de cette expédition et m'a poussé à le suivre. Il n'a pu partir malgré sa volonté. Je prie chaque jour pour sa guérison... »

Interloqué, Thomas examina les visages autour de lui et n'y décela aucun étonnement. Il était le seul à ne rien comprendre. Ainsi son père était parti seul, répondant au désir de son frère qui avait organisé cette expédition pour eux deux. De quel mal s'agissait-il ? Au cours du voyage, l'oncle Raymond n'avait laissé échapper aucune plainte, exprimé aucune fatigue particulière. Quelle était cette blessure dont il souffrait et qu'il cachait avec tant de vaillance ?

Le brouhaha dans la salle lui indiqua que la lecture était terminée. L'oncle Raymond se précipita vers l'estrade où la châtelaine Isabelle recevait les hommages des uns et des autres. Thomas resta les bras ballants près de la porte, à les regarder tous, étranger dans cette maison qui était pourtant la sienne.

La jeune fille à la robe bleue s'avança vers lui.

— Mon cousin, je te salue. Tu ne me connais pas. Moi, je devine que tu es Thomas de Poulfenc, celui dont on parle et que personne n'a encore vu. Tu ne ressembles pas à ton frère. Mais viens, viens, ta mère est là-bas.

Thomas découvrit en la suivant qu'elle boitait. Malgré la robe habilement taillée, elle ne pouvait dissimuler son infirmité. Sa démarche déhanchée faisait penser à une barque secouée par la houle. Elle se retourna.

— Tu te moques ?

Il secoua la tête.

— Toi, tu es sorti du monastère, moi je vais bientôt y entrer. Avec un pied comme celui-ci, dit-elle en soulevant les plis de sa robe pour montrer sa cheville déformée et ses orteils tordus, on ne trouve pas de mari. À moins d'avoir une belle dot, ce qui n'est pas mon cas.

Thomas l'arrêta.

— Tu es la fille de mon oncle Raymond ?

Elle eut un rire strident.

— Certes non ! Je suis de ta famille par ta mère. Elle me garde auprès d'elle parce que je suis la fille d'un de ses cousins qu'elle aimait bien. Tant que ta mère le voudra, je resterai ici. Ensuite... Elle fit la grimace avant de poursuivre :

— Ton oncle est veuf et n'a pas d'enfants. Je me demande pourquoi il ne cherche pas une nouvelle épouse, bel homme comme il est !

Elle était étrange, un peu folle certainement, mais au moins elle était venue vers lui. Il se décida à lui parler avec franchise :

— Sais-tu de quoi il souffre ? Dans la lettre, mon père parlait d'une blessure...

— Ton oncle a été très malade l'an dernier. Un madrier de la palissade est tombé sur lui. Depuis, nous avons fait monter un mur de pierre à la place de cette vieillerie.

— C'est depuis ce moment qu'il habite ici ?

— Oui. Et puis ton père est parti. Il faut quelqu'un pour aider ta mère.

— Mais ils devaient partir tous les deux !

Les yeux de la jeune fille se remplirent de larmes.

— Aubin était là. Il pouvait diriger le château.

Thomas baissa la tête. Il se cognait à Aubin à chaque fois qu'il prononçait trois mots. Il faudrait bien s'y habituer. Cela ne s'annonçait pas facile.

Sa mère était à quelques pas, les yeux levés vers lui. Il s'avança. Une fois devant elle, il sentit qu'il tremblait et dut s'agenouiller. Elle lui tendit les mains.

— Thomas, tu es notre joie à tous.

— Isabelle, je crois que votre fils est un bon garçon, dit l'oncle Raymond.

Thomas aurait préféré qu'il ne soit pas là ; il aurait voulu, le temps d'un sourire, être tout seul face à sa mère ; il n'osait faire un geste vers elle, se contentait de tenir entre ses mains les doigts fins et doux qui, cinq années auparavant, avaient accroché le petit soleil rouge sur sa poitrine. Un jour, plus tard, il lui raconterait.

Comme il se redressait, elle se leva à son tour, invitant le chevalier de Rohan et tous les gens de la maison à se restaurer autour de la table dressée de l'autre côté de la salle.

Thomas se trouva placé au centre, à côté de sa cousine à la robe bleue, qui s'appelait Adeline. Elle était enjouée, bavarde. Il la laissa parler. « Écoute et observe », avait conseillé frère Géraud. Adeline contait si bien les baignades dans la rivière, le feu de la Saint-Jean qui aurait bientôt lieu, le jour où le cuisinier était tombé dans le fumier, que Thomas éclata de rire plusieurs fois. Croyant être trop bruyant, il regardait autour de lui, mais tous les convives parlaient fort et personne ne prêtait attention à lui. Les pigeons aux amandes et l'oie rôtie, qui arrivaient de la cuisine, suscitèrent des cris d'admiration. Il planta la pointe de son couteau dans un des pigeonneaux et posa l'oiseau sur le tranchoir devant lui. Tout en dressant l'oreille, il se régalait, mangeait proprement avec trois doigts et des gestes mesurés, comme on lui avait appris au monastère.

— Mon neveu, vos manières de table sont excellentes, lui lança l'oncle Raymond.

Sa mère y ajouta un sourire. Thomas se sentit rougir de plaisir et revint à la conversation d'Adeline.

— J'aimerais m'occuper des chiots qui viennent de naître. Ton oncle va être content, lui qui aime tant la chasse. Ton père lui a confié la meute avant de partir. Aubin, lui, préférait la chasse au vol. Dans la volière de la basse-cour il y a deux faucons qui attendent...

Thomas ne releva pas. Il n'avait nullement l'intention de soigner les faucons de son frère.

Tard dans la nuit, on le conduisit jusqu'à la grande chambre, au sommet du logis, où plusieurs garçons étaient déjà endormis. Sur ordre de l'oncle Raymond, un jeune écuyer nommé Baudouin coucherait à ses pieds sur une paillasse, prêt à l'aider et le servir à tout moment. Thomas souhaita le bonsoir et tira les rideaux du lit, qui l'isolaient des autres. Avant de s'endormir dans les draps frais et parfumés, il tenta de résumer ce qu'il avait appris dans la soirée en écoutant Adeline : la vie au château était soumise à des règles plus souples que celle du monastère, que l'on devait néanmoins respecter. On n'entrait pas sans frapper dans la chambre des dames et le moment le plus favorable pour y être reçu était après le souper, à l'heure des friandises. Adeline jouait de la musique ; Dame Isabelle chantait en cousant. C'était elle qui s'occupait des vêtements, des réserves de nourriture, de la cuisine. De son côté, l'oncle Raymond commandait les écuyers, les palefreniers de l'écurie, veillait sur le chenil où l'on gardait les chiens de chasse, supervisait les comptes avec l'intendant. Les hommes de garde, à peine une dizaine, logeaient dans la grosse tour. Leur chef, le maître d'armes, étant parti en croisade avec Robert de Poulfenc, ils étaient en principe sous les ordres de Raymond. En réalité, les hauteurs du château constituaient leur domaine et l'oncle y montait rarement. D'après Adeline, le sergent Morvan, qui les avait accueillis, ne se gênait pas pour regretter ouvertement l'absence de son seigneur. La dernière pensée de Thomas, avant d'être happé par le sommeil, fut d'aller rendre visite à cet homme si fidèle à son père.

Lorsqu'il écarta les rideaux du lit le lendemain matin, une lumière dorée brillait par la petite fenêtre. Baudouin était déjà levé.

Thomas put s'esquiver sans bruit et monta aussitôt à l'escalier de la grosse tour.

Au dernier étage, il poussa la porte entrebâillée. Dans la salle des gardes, des hommes en cuirasse somnolaient, d'autres nettoyaient leurs armes. L'endroit était sale ; des odeurs de graisse brûlée et de cendre froide se mêlaient à celle des latrines voisines.

— Je suis Thomas de Poulfenc, dit-il bien fort pour se donner du courage, je vous souhaite le bonjour ; je voudrais parler au sergent Morvan.

Ils grognèrent un salut. Certains se levèrent, par respect, et tendirent le bras vers les quelques marches qui menaient à la plateforme de guet.

Dès qu'il fut dehors, Thomas aspira une grande bouffée d'air et observa la cour. Elle était dépourvue d'arbres et assez malpropre, jonchée de détritus pour les volailles, encombrée de tonneaux, de vieilles poutres de bois. De là-haut, on sentait l'odeur âcre des chiens enfermés au chenil.

Le sergent venait vers lui, le visage méfiant.

— Je voudrais vous remercier pour hier soir. Comme vous étiez de garde, vous n'avez pas pu entendre la lettre de mon père.

— Tu es chez toi, mon garçon, répliqua l'homme, c'est bien la moindre des choses que je t'ouvre la porte.

Il plissait les yeux pour dévisager Thomas.

— Je ne sais pas ce qu'on vous apprend au monastère, mais moi je te dis que tu n'as pas à me vouvoyer. À la guerre, on est tous frères. Tu comprendras ça le jour où tu te battras à côté de moi.

— Qui va m'apprendre ?

L'homme soupira.

— Notre maître d'armes est parti avec ton père. Ton oncle a choisi Baudouin, un écuyer de ton frère.

Il cracha au créneau un long jet de salive que Thomas suivit des yeux pour voir où il atterrissait.

Il siffla d'admiration : juste dans le seau à côté du puits !

— Des années d'entraînement, n'est-ce pas ?

Très fier du résultat, Morvan éclata d'un rire tonitruant.

— Depuis que j'ai ton âge ! En ce temps-là, je faisais des parties avec ton père. C'était toujours moi qui gagnais !

— Et qu'en dit ma mère ?

— Va pas mêler les femmes à nos histoires. Ta mère ne voit pas tout. Des fois, c'est tant mieux ; des fois tant pis. J'en aurai bien d'autres à te raconter, petit, qu'elle n'a pas vu.

Brusquement, il ne riait plus. Il reprit, baissant instinctivement la voix, comme si quelqu'un pouvait l'entendre, malgré la hauteur de la muraille.

— Oui, vraiment, lorsque l'heure sera venue, j'aurai beaucoup à te dire. D'ici là, je veillerai sur toi Thomas de Poulfenc, je le jure devant Dieu et je prie qu'Il te garde parmi nous.

« Voilà déjà deux personnes qui se préoccupent de moi », pensa Thomas, troublé, tandis qu'il redescendait lentement l'escalier de la tour.

— Attends ! rappela l'homme du haut des marches.

Thomas s'arrêta.

— Un chevalier doit savoir faire le guet, rester des heures immobile, à l'affût du moindre bruit. Tu prendras ton tour de garde ici quand tu voudras.

Thomas remercia. Un petit souffle chaud s'était glissé dans sa poitrine. Il n'avait pas encore d'amis au château, mais cet homme-là lui voulait du bien, c'était certain.

En bas de l'escalier, il se heurta à son oncle, qui n'avait pas l'air content.

— Baudouin te cherche. Moi aussi ! À peine arrivé, tu disparais déjà. Tu n'en fais qu'à ta guise. Allez, à l'écurie pour la leçon d'équitation. Il n'y a pas de temps à perdre.

En marchant à ses côtés, Thomas remarqua pour la première fois que son oncle ne se tenait pas complètement droit, comme si ses reins courbés par la douleur ne parvenaient pas à se redresser. Et il s'étonna de ne pas l'avoir remarqué plus tôt.

Chapitre 6

Le jour de la Saint-Jean, ceux du château descendaient au village. Ainsi le voulait l'usage. Cette année, Isabelle de Poulfenc souhaitait être dispensée de cette longue soirée en plein air et proposa que la fête eût lieu dans la grande salle. Mais l'oncle Raymond refusa tout changement, qui décevrait à la fois les villageois et les gens du château. Thomas approuva cette décision ; il se réjouissait de participer aux festivités qui marquaient le début de l'été. Il souhaitait une vraie fête, pleine de rires et d'amitié. Pendant ces dernières semaines depuis son arrivée à Poulfenc, il avait beaucoup travaillé, découvrant jour après jour combien était dur l'apprentissage de chevalier. On avait ressorti les armes légères utilisées par Aubin au même âge. Pour Thomas, plus petit et plus frêle, le gourdin de bois pesait lourd, l'épée lui brisait le poignet. Il fallait courir et sauter, escalader les talus, traverser les rivières, la poitrine prise dans une épaisse cuirasse bourrée de crin. Monter à cheval présentait moins de difficulté, quand on lui épargnait le grand galop à travers les taillis où les branches giflaient le visage. Souvent, il se décourageait, écrasé par l'exigence de l'entraînement. Et pourtant l'oncle Raymond lui serinait qu'il procédait tout en douceur, eu égard à la mollesse des années passées au monastère. L'oncle assistait rarement aux exercices. Cela ne l'empêchait pas d'être au courant de tout.

La fête de la Saint-Jean marquait donc une trêve qui permettait à Thomas de reprendre son souffle et ses forces. Il faisait beau. Les foins étaient rentrés, à l'abri des pluies dans les granges et les greniers. La moisson s'annonçait abondante. Dans l'après-midi, lors d'une grande procession, le curé avait béni les champs et prié Dieu de laisser mûrir les épis pour le pain de demain.

Sur l'aire de battage, près de la fontaine, de longues tables étaient alignées et des échelles disposées en long faisaient office de bancs. Avant de s'asseoir, chacun prenait une poignée de foin pour rendre plus moelleux ce siège de fortune. Très vite, les jeunes inventèrent un jeu, à qui saurait enlever le coussin de paille sous les fesses de l'autre. Thomas en profita pour caresser un peu celles d'Adeline, qui gloussa de rire. Adeline aimait chahuter avec les garçons et se laissait embrasser dans le cellier. Thomas avait essayé, comme les autres. Il avait trouvé ça doux et mouillé et n'avait pas vu le diable cornu brandir sa fourche lorsqu'il était revenu dans la cuisine, un peu rouge et échauffé. Sur ce point au moins, frère Grégoire et frère Géraud avaient tort, ou bien ils ne disaient pas la vérité, s'ils y avaient goûté eux-mêmes...

Les convives ayant trouvé leur place, les agaceries cessèrent. Les hautes personnalités du château présidaient le banquet, confortablement assises sur un banc à dossier apporté exprès pour elles. Dès qu'ils remuaient les pieds, les bouquets de menthe mêlés à la paille épandue sur le sol exhalaient des bouffées de fraîcheur qui contrastaient avec l'odeur toute proche des chevreaux rôtis.

Thomas avait faim. Il était content. À l'ouest, le ciel rosissait. Tout était doux.

La nuit qui tombait lentement était la plus courte de l'année, une nuit exceptionnelle qu'il faudrait accompagner jusqu'à l'aube. Seuls les sorciers et rebouteux ne participaient pas à la fête. Ils étaient déjà sur la lande, à cueillir les plantes de la Saint-Jean, maléfiques ou bienfaisantes : le lys qui apporte l'amour, la bourrache pour apaiser la tristesse, la graine de fougère qui rend invisible, la bardane qui envoûte, surtout si on y ajoute de l'œuf pourri.

Au petit jour, ils rentreraient de leur cueillette solitaire, le sac rempli de pouvoirs mystérieux, qu'ils dévoileraient avec parcimonie tout au long de l'année.

— Moi, je connais une sorcière, affirma Adeline, alors que les garçons découpaient les viandes cuites à point.

Ils ricanèrent tous en chœur.

— Oui, une sorcière, qui n'est ni vieille ni laide et apporte parfois des remèdes au château, insista Adeline.

Elle avait tendance à inventer toutes sortes d'histoires. Certains la crurent pourtant car, depuis quelques mois, l'on voyait parfois une étrange femme rôder autour des murailles. Personne ne pouvait voir son visage. Puisque l'heure était aux confidences, Thomas osa dire que lui aussi l'avait déjà croisée. Celle-ci ou une autre. Comment savoir avec les sorcières ?

— Hideuse et décharnée, dans un grand manteau noir... Je l'ai vue deux fois.

— Où ça ?

— Une fois près du lavoir, un soir où l'oncle Raymond m'avait demandé de descendre au village. Elle m'a suivi de loin jusqu'à la grande porte, j'en suis certain.

— Et après ?

— Et puis aussi au pont de Saint-Samson. J'étais avec mon oncle et Baudouin. Même le cheval a eu peur. À chaque fois, c'est la même chose. Elle s'approche et me regarde avec des yeux pleins d'épouvante, comme si la mort était derrière moi.

— Comme si la mort était derrière toi ! répéta Baudouin, moqueur.

Aussitôt, Thomas fut sur ses gardes. Baudouin ne se comportait jamais en ami attentif, malgré les belles promesses faites par l'oncle Raymond le soir de son arrivée. Thomas avait vite compris qu'il devait ménager ce grand gars plus âgé, que jamais il n'aurait la force de lui résister si celui-ci passait à l'ennemi.

Car il y avait un ennemi, c'était sûr, caché quelque part ; il le sentait de plus en plus. Une figure du diable, un prince noir venu des ténèbres, comme la sorcière et le chien monstrueux de la nuit. Cet ennemi se dévoilerait-il un jour ? Thomas aurait donné cher pour avoir la réponse.

En attendant, la fête continuait, pleine de rires et de jeux. Il ne fallait pas la gâcher avec de sombres pensées.

Avant d'allumer le feu, l'on organisa des farandoles dans la grand-rue et les ruelles adjacentes. Thomas tenait la main d'Adeline d'un côté et, de l'autre, celle d'une belle fille de la cuisine, à laquelle Adeline tirait la langue dès qu'elle le pouvait. En face de lui, dans la ronde, la femme du meunier sautillait avec conviction et faisait danser ses seins sous sa chemise. Tout en tapant du pied, il restait concentré sur le spectacle troublant qu'elle lui offrait, sans réaliser qu'Adeline lui pinçait le bras sans ménagement. C'est alors qu'il vit là, juste derrière la jolie meunière, se dresser la silhouette de la sorcière ! Il resta pétrifié. Le temps d'ouvrir la bouche pour crier, elle avait disparu. Il lâcha ses compagnes, courut à l'angle de la maison, s'avança dans les ruelles voisines. Rien. Pas un bruit de pas ni même le frôlement du long manteau sur le sol. Avait-il rêvé ? Aujourd'hui et les deux autres fois ? À quelques pas de la fête, dans le silence et l'obscurité, il se sentit tout à coup très seul, écrasé par un étrange malaise.

La nuit n'est pas de bon conseil, dit-il à voix haute.

Et, pour se donner du courage, il pensa de toutes ses forces au cortège des moines qui s'en irait bientôt chanter l'office de prime, là-bas au monastère.

Le temps de regagner la grand-rue, la farandole s'était dispersée. Il interrogea Adeline :

— Tu l'as vue, toi aussi ?

— Qui ? Quoi ? Tu peux me dire ce que tu faisais dans ces recoins sombres ?

Thomas haussa les épaules et s'éloigna. Les filles étaient étonnantes, aguichantes, agaçantes. Ce qu'il savait déjà, c'est qu'Adeline ne serait jamais la bien-aimée, l'hirondelle ou la renarde qui l'avaient tant ému dans le poème de l'oncle Raymond. Une petite renarde rousse et coquine, alerte et douce, sauvage et droite. Oui, celle qu'il voulait serait tout cela à la fois. Il n'était pas trop pressé de la rencontrer. Il n'oubliait pas qu'il avait failli passer sa vie au monastère, qu'il avait beaucoup à apprendre avant de pouvoir offrir à son tour.

Sur l'aire de battage, le feu allumé depuis peu crépitait, et les flammes s'élevaient de plus en plus. Des mains se tendirent, on appela de tous côtés, la farandole se referma autour du cercle de chaleur et de lumière. Un nouveau jeu commençait. Chacun à son tour, les garçons devaient sauter par-dessus le brasier. Comme la difficulté de l'épreuve croissait à mesure que la nuit s'écoulait, le feu ne devait pas faiblir, bien au contraire. Un peu plus loin, des hommes pelletaient la braise pour l'alimenter au moment voulu.

Les premiers sauts ne présentaient aucune difficulté ; chaque joueur avait droit à une rasade de bière ou de vin, et la ronde reprenait son mouvement.

Petit à petit, le feu grandissait, le cercle des spectateurs s'élargissait. À la sixième partie, ce fut au tour de Thomas de sauter le premier. Le brasier était devenu impressionnant. Il hésita, chercha des yeux sa mère pour avoir son approbation et ne la trouva pas. L'oncle Raymond non plus n'était pas là. En revanche, Baudouin, Gilles, Adeline, la fille de la cuisine... lui criaient de se dépêcher. Et pourtant, le mur de flammes lui paraissait si haut. C'était dangereux, au moins autant que de monter aux arbres par vent de tempête. Il fallait refuser, mais les autres le pressaient... Comment leur résister ? Il devait surmonter sa peur, coûte que coûte. Il recula pour prendre son élan et inspira. À l'instant où il allait sauter, il se sentit brusquement tiré en arrière. Et, devant lui, comme un fantôme, une longue silhouette noire traversa le brasier en un éclair, sans être atteinte par les flammes. La sorcière ! Cette fois, ils l'avaient tous vue. Ils auraient pu la toucher ! Ils étaient livides, figés par la surprise et l'effroi. Il y eut un grand silence. Puis Baudouin donna un coup de pied dans les bûches incandescentes et décida qu'il valait mieux changer de jeu. Parmi l'assistance, des murmures couraient qu'il faudrait tôt ou tard appeler les gens d'armes du château, pour arrêter cette maudite femme ; depuis le temps qu'elle rôdait, elle finirait bien par déclencher un grand malheur...

— Thomas, tu l'as échappé belle ! murmura Adeline. Elle a failli te jeter dans le feu !

Tandis que sa cousine s'éloignait avec les autres, il s'épongea le front. Il était sûr qu'une main l'avait retenu, au contraire. Une main qui tremblait, il l'aurait juré. Il venait de se passer quelque chose d'important. Cette main l'avait empêché de sauter. Pourquoi ? À qui appartenait-elle ? Tout se brouillait dans sa tête... Demain, il y penserait demain.

Le lendemain était un dimanche. Après la messe, l'oncle Raymond, qui avait l'air de très bonne humeur, proposa d'organiser un repas au bord de la rivière, suivi d'une tranquille promenade où l'on pourrait emmener dames et demoiselles. Dame Isabelle déclina l'invitation, mais Adeline sauta de joie, et un pétulant cortège sortit bientôt par la porte des champs en direction de la clairière de Tournefeuille, où la rivière offrait une baignade calme et ombragée. Thomas, qui ne savait pas très bien nager, préféra grimper aux arbres. Personne ne pouvait le rattraper, pas même Gilles et Baudouin, qui paraissaient tout à coup balourds avec leurs larges épaules et leurs cuisses musclées. Depuis les branches, il guettait le moment où Adeline enlèverait sa chemise ; elle le fit si discrètement qu'il n'aperçut qu'un peu de peau claire avant qu'elle se jette à l'eau. Déçu, il laissa les baigneurs s'éclabousser à grand bruit et monta jusqu'au sommet de l'arbre. Là-haut, perché dans la verdure, il crut s'y noyer. Autour de lui, à perte de vue, s'étendait la forêt, mystérieuse et sombre dès que le regard quittait la clairière. Sans les autres pour le guider, il n'était pas sûr de pouvoir regagner seul le château. Il serait bien vite perdu dans cette immensité verte où les chemins à peine tracés se ressemblaient, s'entrecroisaient, où les troncs d'arbre barraient l'horizon.

« Pourtant, le maître d'une seigneurie doit avoir une bonne connaissance de ses terres, pensa-t-il en redescendant, et ne pas craindre de s'y aventurer. »

Il devait donc apprendre cela aussi, et parcourir les pistes de la forêt jusqu'à ce qu'elles deviennent familières.

Aussitôt le repas terminé, on poursuivit la promenade. Le chemin grimpait, s'éloignait de la rivière pour atteindre une crête où un beau paysage vert et blond s'étalait sous le ciel bleu. Bien droit sur sa selle, l'oncle Raymond ne paraissait pas souffrir de son dos et ne demandait qu'à plaisanter. Il complimenta Thomas sur ses progrès en équitation ; celui-ci saisit l'occasion pour se rapprocher de lui.

— Mon oncle, pouvez-vous m'expliquer tout ce qu'on voit au loin ? Où se situent les frontières de notre domaine ?

L'oncle ne se fit pas prier et la petite troupe s'arrêta.

— Tu vois ici, en contrebas, les bois de Tournefeuille, d'où nous sortons. Le clocher là-bas, c'est le village de Landemeur, qui appartient au seigneur du même nom. Un voisin entreprenant : tu remarques des taches plus claires dans la forêt, là où les villageois ont commencé à défricher pour agrandir les terres à blé. Nous devrions en faire autant sur certaines parcelles. Et si l'on remonte par ici, dit-il en tendant le bras le long de la crête, nous arrivons à Poulfenc : le village, le moulin, le château, tu connais.

— Et de ce côté, mon oncle ? demanda Thomas en désignant l'autre versant.

— C'est la forêt de Malbrêche, Thomas. C'est là que ton frère est mort. Personne n'y est jamais retourné. Pour ma part, je ne souhaite pas que cette forêt reste attachée au domaine et je pense que ta mère serait soulagée si nous la vendions. Je sais que le sire de Landemeur cherche à agrandir ses réserves de chasse...

Il regardait Thomas avec insistance.

— Si je comprends bien, c'est à moi de décider, déclara Thomas d'une voix hésitante.

L'oncle Raymond approuva.

— Eh bien, si cette forêt a vu mourir mon frère, il me semble que mon devoir est de la parcourir au moins une fois avant de m'en débarrasser.

Les autres le regardèrent avec effarement et désapprobation. Il ne sourcilla pas ; il irait dans la forêt de Malbrêche, tôt ou tard. Mais il ne savait pas à qui demander de l'accompagner.

L'apprentissage reprit et parut à Thomas plus rude encore que les semaines précédentes, à tel point qu'il se couchait les épaules et le dos meurtris par tant d'efforts. Pourtant, il tenait bon, dormait le plus possible, mangeait beaucoup pour accumuler des forces.

Malgré les difficultés, il se disait qu'il progressait, qu'il aurait bientôt rattrapé son retard et serait digne de se mesurer aux autres de son âge. Il tâtait ses jambes, ses bras, les sentait fermes et droits. Les semaines passaient, il gardait espoir. Jusqu'à ce jour d'août, veille de l'Assomption*, où Baudouin et Gilles passèrent à l'offensive.

Il avait plu, la terre collait aux bottes. Depuis quelques heures, Thomas tentait de

* Le 15 août, jour où l'Église célèbre l'élévation miraculeuse de la Vierge dans le ciel, après sa mort.

riposter à leurs attaques. Le bâton qu'il tenait lui avait déjà échappé des mains plusieurs fois ; il avait à peine le temps de le ramasser qu'ils étaient déjà sur lui. Au lieu de simuler les coups, ils tapaient vraiment, s'excusaient en ricanant et recommençaient de plus belle. Thomas, tremblant de rage et d'épuisement, tentait de se défendre, il s'acharnait à leur renvoyer les coups sans les atteindre, refusait d'abandonner la partie.

Brusquement, il tomba. Les deux autres hurlèrent de rire.

Alors qu'il se relevait, le visage plein de boue et de crottin, il vit Adeline à la barrière, riant à gorge déployée à côté de Baudouin qui raclait ses bottes d'un air satisfait.

— Mon pauvre cousin, dit-elle entre deux hoquets, quel piètre chevalier tu fais ! J'étais venue proposer un jeu, fort dangereux, un jeu pour les braves. Tu n'es donc pas concerné.

Thomas attendit. Les deux autres avaient dressé l'oreille.

— Un musicien est arrivé ce soir, accompagné d'un couple de jongleurs. Ton oncle, qui l'a rencontré dans une auberge, a accueilli la petite troupe pour quelques jours. En remerciement, celle-ci propose de présenter un spectacle au dîner de demain. L'un des jongleurs est très virtuose au lancer de couteaux et montrerait volontiers son habileté si quelqu'un pouvait lui servir de cible. J'ai pensé que parmi les garçons...

Thomas jeta un coup d'œil aux deux autres, qui avaient l'air moins fier, et s'entendit répondre :

— Oui. Dis-lui oui à ce jongleur.

— Oh là ! Tu dis oui aujourd'hui et ce sera non demain ! intervint Baudouin. Il faut que tu jures la main levée et que tu enlèves ton gant.

Thomas ôta son gant pour le lui jeter au visage.

— Toi, fils de rien, avant d'être chevalier, tu apprendras la valeur de la parole donnée, répliqua-t-il.

Et il cracha par terre, entre les pieds de Baudouin, un jet de salive brunâtre qui puait le crottin. Puis il s'adressa à Adeline.

— Va dire à la cuisine qu'on prépare de l'eau chaude pour un bain.

Il posa le gourdin, le casque, le gambison* de cuir sur la barrière de bois et quitta la lice sans se retourner.

* Vêtement porté seul ou sous la cotte de mailles, pour protéger le corps lors des combats.

Une fois plongé dans la cuve d'eau tiède, il aurait voulu pleurer. Mais les larmes ne venaient pas et la peur lui broyait la poitrine. Il s'était mis à la merci d'un lanceur de couteaux qui, au premier geste malchanceux, lui planterait son arme dans la poitrine. Quelle folie d'accepter ! Quel diable l'avait poussé ? À présent qu'il s'était engagé, il irait jusqu'au bout. Et s'il en sortait vivant, il retournerait au monastère, là où les hommes avaient remplacé la violence par la prière.

Chapitre 7

Le premier couteau se planta dans le bois au ras de son genou gauche. Thomas, qui ne l'attendait pas si tôt, n'eut pas le temps d'avoir peur. Il entendit l'assistance, groupée autour de la table, exprimer son soulagement. Hormis ces soupirs, ces murmures qui marquaient la première victoire de l'homme aux couteaux, le silence dans la salle était total. Après avoir joué tout à l'heure des airs trépidants qui donnaient envie de danser, le musicien glissait délicatement l'archet sur les cordes, et le son qu'il tirait de son instrument ressemblait à une plainte douce. Les conversations s'étaient tues. Les convives étaient immobiles et attendaient la suite. Le divertissement qu'offraient les jongleurs invités par Raymond de Poulfenc méritait bien une telle attention. Il s'annonçait d'une rare qualité, différent des habituelles plaisanteries et des grossières danses de l'ours. Un spectacle plus dangereux, tellement plus excitant. Les serviteurs, les lavandières, les valets de cuisine, la plupart des hommes de garde avaient obtenu la permission d'y assister. Thomas essayait de deviner les expressions sur les visages de tous ces gens rassemblés qu'il côtoyait encore quelques instants auparavant. Il avait discrètement quitté la salle à la fin du repas, au moment où l'intérêt des convives pour leur voisin de table se relâchait. Ligoté à présent contre cet étroit mantelet* de bois à peine plus large que lui, il ne pouvait voir la longue tablée. Le lanceur de couteaux lui avait noué un bandeau sur les yeux et c'était mieux ainsi car jamais il n'aurait pu supporter de voir l'homme lever le bras et viser l'espace si restreint entre son corps et le bord du panneau de bois. Il fallait être un vrai virtuose pour ne perdre aucun couteau dans le vide, et ne pas toucher non plus cette

* Bouclier de bois épais, monté sur pied, qui peut être posé par terre pour abriter un archer ou un arbalétrier.

cible vivante qui attisait toutes les curiosités. L'intérêt des spectateurs aurait été moindre s'ils avaient vu devant eux un cochon ou un agneau promis au sacrifice. Mais un homme qui risque la mort, qui dépend de l'adresse d'un autre, de son coup de poignet, de sa volonté, voilà qui fait délicieusement frémir...

Thomas avait le loisir de penser à tout cela en attendant le prochain couteau. Et le jongleur en mettait du temps ! Il affûtait la lame peut-être, vérifiait le tranchant avec le doigt ou, mieux encore, du bout de la langue... À moins que son partenaire n'ait préparé quelques mimiques et drôleries. Oui, la salle applaudissait. L'intermède s'achevait. Attention...

Le deuxième couteau vint se ficher au-dessus de son genou droit, si près de la cuisse qu'il pinça la chausse de laine. L'homme visait au plus serré. Peut-être préférait-il saigner sa victime plutôt que de perdre la face en lançant un couteau à l'extérieur. Cependant, la moindre défaillance lui vaudrait la mort. Savait-il qu'il jouait avec le fils du seigneur ? Certes non, puisque Thomas n'avait pas montré son visage. Et, personne ne le savait, hormis Baudouin et Adeline qui avaient juré de ne rien dévoiler, qui avaient toutes les raisons de se taire. Qui aurait reconnu Thomas, la tête enfermée dans une cagoule serrée d'où ne dépassait ni cheveu ni oreille ? Personne au château ne pouvait imaginer l'héritier des Poulfenc ligoté ainsi de son propre gré. Oui, lui qui s'était cru le maître des lieux et qui, en réalité, ne dirigeait rien du tout, avait accepté par bravade, par désespoir, de risquer sa vie dans un petit spectacle de jonglerie. Frère Géraud, s'il était là, en hurlerait de colère, contre la folie des hommes et l'orgueil des chevaliers. « Écoute et observe », avait-il dit. Thomas agissait à l'opposé, en se jetant dans la gueule du loup. Mais frère Géraud connaissait-il vraiment la dureté du monde qui s'agite et s'entredéchire au-delà des murs de son monastère ?

Un troisième couteau en haut de la cuisse. Sans aucune égratignure. L'attention de la salle était extrême. Après les soupirs qui détendaient les poitrines, fusaient des murmures d'admiration, des cris d'encouragement.

Il faisait chaud. Thomas transpirait. La peur s'était réveillée. Toute la nuit, sans fermer l'œil un instant, il avait pourtant essayé de l'apprivoiser, de lui parler tout bas, de l'apaiser. Il y avait réussi à peu près et priait Dieu avec ferveur qu'elle ne se réveille pas trop vite. Tant d'efforts pour un si maigre résultat ! Où Dieu se cachait-il ? La peur était déjà revenue et montait le long de son corps en même temps que cette étrange cage aux lames d'acier qui l'enserrait de plus en plus. Les couteaux atteindraient bientôt sa poitrine. Il était certain que le dernier se planterait au milieu de son front, dans une étoile de sang. Un petit soleil rouge à offrir à sa mère en guise d'adieu, pour les jours de tristesse à venir. Elle qui ne l'aimait guère, qui ne le voyait pas, qui pleurait en silence son fils aîné, Aubin le Preux, Aubin le Sage, saurait-elle recevoir ce dernier message ?

Thomas se sentait étouffer. Son cœur s'emballait. Les cordes le serraient trop étroitement. Et s'il criait ? S'il appelait sa mère ou son oncle ? Le cauchemar s'arrêterait, bien sûr, mais jamais il ne pourrait obtenir une quelconque estime de la part des hommes de garde, des écuyers, du monde des chevaliers tout entier. Il avait voulu leur prouver qu'il n'était pas le médiocre moinillon qu'ils voyaient en lui. Ce chemin hors du monastère était semé de dangers et il en avait rajouté. À présent, il ne se sentait plus la force de continuer.

— Ne t'agite pas comme ça ! chuchota soudain une voix menue derrière le mantelet de bois. Si tu bouges, tu es mort.

Le quatrième couteau lui frôla la hanche. Il se mit à trembler, sans pouvoir réprimer ce mouvement qui pourtant accentuait le danger. Le piège de fer se refermait inexorablement.

Il était certain qu'il n'en sortirait pas vivant.

— Attends ! fit la voix fluette.

Il attendit. La salle ne tarda pas à applaudir. La petite voix fine devait appartenir à une jeune fille, danseuse ou acrobate, la compagne du jongleur.

Il fut soulagé quand elle revint.

— Maintenant, écoute-moi bien de toutes tes forces, et ne pense à rien d'autre. Ne fais ni oui ni non, juste ce que je te dis. Ouvre tes mains, grandes comme des marguerites, plus grandes encore... Allonge les pétales.

Thomas tendit les mains, écarta les doigts le plus possible.

— À présent, ne bouge plus.

La salle hurla. Les gens debout applaudissaient, clamaient leur extase. Le jongleur avait lancé deux couteaux à la fois, qui avaient parfaitement atteint leur but : entre le pouce et l'index de chaque main.

— Bravo ! fit la petite voix

— Tu lui diras bravo, à lui aussi ! balbutia Thomas.

Elle rit.

Le plus difficile restait à faire. Il le savait bien. Il appela tout bas, afin que la petite voix ne le laisse pas seul.

— Ne respire plus ! dit-elle tout à coup.

Il obéit, mais ne put retenir un sursaut lorsque le couteau se ficha contre sa poitrine, éraflant la peau malgré l'épaisseur de la laine.

Trop près ! L'homme visait trop près ! Et le prochain lancer s'annonçait pire encore. Le prochain serait le dernier. Tôt ou tard, le jongleur allait commettre une erreur.

Il faillit crier :

« Pitié, frappez vite et bien. Qu'on en finisse ! »

Que tombe enfin le coup fatal ! Pour que meure avec lui la peur qui lui broyait le ventre. La peur du condamné qui voit la hache s'abaisser.

— Chut ! fit la petite voix haletante qui revenait de ses pas de danse.

Il l'entendit à peine. Il lui semblait que sa tête enfiévrée prenait feu. Des cohortes de dragons menaçants lui martelaient les tempes ; des images désordonnées jaillissaient derrière ses yeux brouillés. Des images de chevaliers comme son père, écrasés de chaleur sous le heaume d'acier, menacés par les flèches des sarrasins, rampant à terre pour trouver de l'eau. Là-bas, parmi eux, Robert de Poulfenc découvrait-il, lui aussi, la peur de mourir ressentie par tous les guerriers au cœur de la bataille ? Et malgré cette peur, il était parti... Thomas aurait-il un jour autant de courage ?

Il sentit vibrer les deux couteaux suivants, qui se plantèrent, l'un au-dessus de son épaule, l'autre au ras de son oreille, mais le bruit sec des pointes de métal entamant le bois si près de sa tête ne lui fit aucun effet. Il ne ressentait plus rien. Hébété, épuisé, il attendait le dernier lancer. Il recommençait à espérer. Il implorait Dieu de soutenir encore une fois la main du jongleur, de lui donner force et adresse pour ce neuvième coup.

Il frémit tout de même en entendant ses cheveux crisser lorsque le dernier couteau se ficha au sommet de son crâne.

Dans la salle, il y eut comme un grondement. Ils criaient tous et applaudissaient en même temps, bousculaient les bancs, hurlaient des bravos. Lui restait là, aveugle, attaché, pantelant.

Il était vivant ! Il revenait du pays de la mort ! Il était plus fort que le chien de la nuit et la sorcière réunis. Plus fort que la peur. Il avait hâte de les regarder en face, tous ceux qui criaient leur joie sauvage, d'embrasser l'homme à la main d'or qui lui avait laissé la vie.

Il attendit. L'assistance n'en finissait pas d'acclamer le jongleur et sa compagne.

— Je vais dénouer tes liens... dit enfin la petite voix près de lui.

Il se laissa faire.

— Et puis ton bandeau. Non non, pas toi ! Regarde comme tes mains tremblent. Agenouille-toi, c'est un peu haut.

Thomas sourit. C'était bien la première fois qu'on le trouvait trop grand. Agenouillé, il dut s'asseoir sur ses talons, tant ses jambes étaient faibles.

Les petites mains s'acharnaient sur le nœud du tissu derrière sa tête. Le bandeau tomba.

Ce qu'il vit en premier, ce fut une paire de bottines rouges. Les siennes ! Ou plutôt celles qu'il avait données à une petite pauvresse au monastère.

Incapable de comprendre comment elles étaient revenues jusqu'à lui, il leva les yeux et découvrit au-dessus des bottes un diablotin hardi vêtu de la même couleur.

Il reconnut les yeux sombres, le petit profil aigu de la fillette rencontrée là-bas.

— Merci, balbutia-t-il, tu m'as sauvé.

— Oh non ! Pas moi ! C'est mon frère, qui sait très bien viser.

— Ton frère ?

— Oui, mon frère Lucas. Le champion du couteau. C'est lui qui le dit.

Thomas eut comme un éblouissement. Il se retourna. Le Balafré !

Le Balafré saluait la salle qui trépignait et applaudissait, lançait des fleurs, des bourses pleines. Il les attrapait au vol et les renvoyait au diablotin rouge revenu virevolter et cabrioler autour de lui.

Thomas restait agenouillé, écrasé par la surprise. L'homme aux couteaux si génialement adroit n'était autre que le Balafré, ce voleur, ce bandit qu'il détestait !

Il fut pris d'un rire énorme, qui nettoyait la peur, dénouait son ventre et ses épaules. Un rire à se pisser dessus, aurait dit le musicien. Il ne pouvait s'arrêter. Il hoquetait. On le regardait avec étonnement, tant pis ! Celui qu'il croyait être son ennemi venait de lui sauver la vie !

Ici, dans ce château où planaient d'étranges dangers, le Balafré était devenu son allié. Tous les deux, sans se reconnaître, venaient de remporter ensemble une grande victoire.

— Et maintenant, s'écria le diablotin, il faut aussi féliciter...

À deux mains, elle ôta lentement la cagoule qui retenait les cheveux de Thomas et l'aida à se relever. Il la laissa faire. Appuyé sur elle, il marcha vers la table. Il ne voyait rien. Ses yeux se brouillaient.

Il y eut un cri terrible.

— Thomas !

Repris aussitôt par l'ensemble de la tablée.

— Thomas de Poulfenc !

Sa mère était debout. Hagarde, elle renversait le siège, bousculait les serviteurs, s'approchait de lui. Il ne savait comment la recevoir et continuait de s'appuyer sur le petit diable à ses côtés.

Elle posa les mains sur ses épaules. Elle était à peine plus grande que lui.

— Thomas, mon enfant ! Qu'as-tu fait là ? Dieu merci, tu es vivant ! Nous avons besoin de toi, ici, dans cette maison, aujourd'hui, demain...

Elle ne criait pas, ne reprochait rien. Elle pleurait. Il glissa la tête contre son épaule et elle referma ses bras sur lui. Ils restèrent un moment enlacés. À table, il y eut quelques reniflements, des chuchotements attendris.

Quand il eut la force de se redresser, il put enfin les regarder tous.

L'oncle Raymond était blême. Baudouin et Gilles se tassaient sur le banc près de la porte, Adeline avait des yeux immenses où brillaient les larmes.

Isabelle de Poulfenc s'était ressaisie. Elle désigna le Balafré et sa sœur.

— Qu'on l'enferme, qu'on les enferme tous les deux !

Le sergent Morvan s'avançait déjà.

— Non, Morvan, tu ne bouges pas, dit Thomas.

Il se tourna vers sa mère.

— Ma mère, je n'ai pas l'intention de m'opposer à vous. Mais cet homme n'a rien fait de mal. C'est au contraire grâce à son extrême habileté que je suis ici, debout parmi vous. J'ai décidé moi-même de me prêter à ce jeu dangereux. Si jamais il existe un coupable en dehors de moi, je suis sûr que ce n'est pas lui. Accordez-lui votre estime, au contraire, et même une récompense. Il l'a bien méritée.

Il se tourna vers le Balafré, qui ne l'avait pas quitté des yeux.

— Je te reconnais. Je n'aurais jamais cru... te revoir un jour.

— Moi non plus. Tu es moins petit que dans mon souvenir !

Thomas sourit.

— C'est que j'ai déjà grandi.

Isabelle de Poulfenc avait regagné son siège. De là où il était, Thomas perçut les reproches qu'elle adressait à son beau-frère :

— Je vous avais confié cet enfant ! C'est ainsi que vous remplissez votre rôle ?

Ce que répondit l'oncle Raymond, Thomas ne le sut pas. Son attention fut détournée par une dispute qui venait d'éclater au bout de la table. Adeline, hors d'elle, les cheveux défaits, interpellait Baudouin avec hargne :

— Ah ! Te voilà malin à présent, espèce de lâche ! Tu as beau jeu de m'insulter, fumier ! Tu sais bien que je n'ai pas eu cette idée toute seule ! Tu savais que le jongleur n'avait pas demandé d'aide, qu'il avait mis au point son spectacle avec la petite Alix. Hein, Baudouin, qu'en dis-tu, au lieu de me traiter de folle ?

Baudouin, rouge et suant, avait un regard de bête prise au piège. Il jeta un coup d'œil vers Raymond de Poulfenc, comme pour le supplier de le secourir. Occupé à sa conversation avec Dame Isabelle, l'oncle ne broncha pas, et Baudouin quitta la salle au plus vite.

Thomas ne fut pas vraiment surpris. Mais il devait intervenir. C'était le moment de parler haut et fort.

Il se tourna vers son oncle :

— Vous m'aviez présenté Baudouin comme un ami attentif, soucieux de m'aider, dormant au pied de mon lit en bon chien de garde. Vous vous êtes trompé. Vous pouvez le reprendre. Je n'en veux plus. C'est toi, Morvan, si tu acceptes, qui m'enseignera désormais le métier des armes.

— Je suis vieux, mon garçon, mais je ferai de mon mieux. Ton père, quand il rentrera, n'y trouvera rien à redire, je le jure.

Avec l'aide d'une fille de la cuisine, Isabelle de Poulfenc entraînait hors de la salle Adeline qui ne contrôlait ni ses sanglots ni ses paroles, vociférait contre tous et criait que la lignée des Poulfenc était en danger. Thomas ne l'écoutait plus. Il allait vers le frère et la sœur, qui s'étaient mis à l'écart, inquiets, ne sachant à quoi s'en tenir. Le Balafré, les mâchoires serrées, ressemblait au loup-cervier s'apprêtant à bondir.

— Tout cela est bien vrai, n'est-ce pas ?

Ensemble, ils hochèrent la tête.

Thomas s'approcha encore.

— Je te remercie d'avoir visé juste.

— Dame, j'avais pas envie de finir avec la main coupée ou la corde autour du cou. Qu'est-ce qu'elle deviendrait, la petite ?

La petite aux bottines rouges les regardait tous les deux de ses grands yeux noirs. Elle n'avait pas l'air si jeunette ; elle était simplement très menue.

— Il y a plus de place sur le mantelet quand c'est toi qui fais la cible ! voulut plaisanter Thomas.

Elle riposta aussitôt.

— Toi, tu avais peur. Moi, je sais qu'il ne m'arrivera rien.

Thomas recula d'un pas. Le Balafré et sa sœur étaient des animaux sauvages, toujours prêts à griffer ou à s'enfuir. Il devait rester à la lisière de leur domaine pour ne pas les effaroucher.

— Et maintenant buvons, dansons ! dit-il en se retournant vers la salle. Toi, musicien, chante-nous ce que tu voudras, ou bien vous, mon oncle...

Mais l'oncle Raymond avait quitté la table. Thomas haussa les épaules. Pour ce soir au moins, plus rien n'avait d'importance.

Il s'assit sur le banc au milieu des autres, but d'un trait la chopine qu'on lui tendait, posa ses coudes sur la table, y fit glisser sa tête et... s'endormit.

Dans les rêves entremêlés qui surgirent bientôt, apparaissaient tour à tour des crocs de chien, des dents d'acier, des bêtes bondissantes et des biches blessées, des petits soleils flamboyants et des marguerites lancées en plein ciel. Il dormait, la tête dans ses bras, tandis que les autres autour de la table buvaient et dansaient, parlaient de lui et ne se moquaient plus.

Dans la chambre tout en haut du logis, où Morvan le déposa dans la nuit, la paillasse de Baudouin avait déjà été enlevée.

Chapitre 8

Le 21e jour du mois d'août 1165, les cloches dans les villages de France sonnèrent à la volée pour proclamer avec allégresse la venue au monde d'un petit roi.

Hors des frontières, la nouvelle fut annoncée avec plus de discrétion. À Poulfenc, le curé se garda bien de faire sonner la cloche, sachant que le seigneur du lieu s'était rallié au roi d'Angleterre, qui aurait volontiers englobé le royaume de France dans ses immenses possessions. Il prit cependant la peine de monter du village jusqu'au château.

Du chemin de ronde, Thomas l'aperçut peinant dans la côte. Il venait d'entamer un concours de crachats avec Morvan, ce dernier ayant jugé que l'éducation militaire d'un vrai Poulfenc passait par tous les domaines où excellait son père, fussent-ils insignifiants.

— Un bon crachat, disait-il, vous pose son homme et vous oblige à viser juste. Demande à Lucas ce qu'il en pense ! Hein, Lucas ?

Au château, chacun appelait le Balafré par son nom de baptême, à l'exception de Thomas, qui ne le nommait pas du tout.

Lucas ne répondit pas ; il parlait peu et agissait vite. Pour ce qui était de viser, il n'avait plus rien à prouver et se montrait sûr de gagner, malgré les ricanements de Morvan. La petite Alix, postée en bas dans la cour, était chargée d'annoncer les résultats du concours. Les joueurs devaient atteindre l'auge à cochons située près de la porte de la cuisine. C'était loin et Thomas avait mal aux joues à force de s'exercer.

Après bien des essais, il venait de marquer un premier point et sautait de joie le long du parapet.

— Raté ! hurla Alix d'en bas alors que Morvan venait de prendre son tour.

— Ah ça non ! Tu triches, petite ! Morvan ne manque jamais un coup ! répliqua le sergent.

L'arrivée du curé arrêta le jeu.

— Vous trouverez ma mère au logis, lui cria Thomas qui n'avait pas l'intention de descendre.

— Rien de grave au moins ? ajouta-t-il par correction.

Le curé leur apprit la nouvelle.

— Ils l'ont appelé Philippe Dieudonné. Un cadeau de Dieu ! Ils avaient tellement prié pour l'avoir, ce futur roi ! Je cours le dire à Madame Isabelle.

— Passez donc par la cuisine, proposa Thomas. Il y aura sûrement quelque chose pour vous.

Le curé, soucieux d'être récompensé de sa peine, ne se fit pas prier. Alix lui emboîta le pas.

— Nous voilà bien ! marmonna Morvan en prenant son air le plus scandalisé. Je descends la remplacer. Vous, les gars, vous jouez à deux.

Depuis que Thomas, le soir du lancer de couteaux, l'avait promu maître d'armes, Morvan se sentait, plus qu'avant encore, concerné par tout ce qui se passait au château, et la perspective de glaner en bas quelques renseignements ne lui déplaisait pas. Il s'empressa de renvoyer à la cuisine la petite Alix, qui en revenait avec une grosse part de tourte à la main.

— Faut que tu manges, pour ressembler aux filles de ton âge ! claironna-t-il.

Elle non plus ne se fit pas prier. À la façon dont elle regardait la nourriture, il était facile de deviner qu'elle avait connu bien des jours sans pain. Jamais elle ne réclamait, mais Thomas l'avait vue plusieurs fois glisser un quignon dans sa manche. La tourte aux amandes, tout juste sortie des fours de Poulfenc, devait lui paraître un délice.

— Allez-y, les gars ! cria Morvan en levant la tête vers le chemin de ronde.

Là-haut, sans la présence protectrice du sergent, Thomas n'était plus tout à fait à l'aise. Il lui fallait jouer seul contre le Balafré, et ce grand gars, bien plus fort que lui en tout, l'intimidait.

Voyant que Morvan avait déjà abandonné ses fonctions de gardien pour bavarder avec le curé, ils décidèrent tous deux de s'accorder quelques essais. Thomas se tourna vers l'extérieur, choisit un arbre de l'autre côté du fossé et rassembla sa salive dans sa bouche.

— Ne jamais cracher au vent ! ricana le Balafré. Tu vas tout prendre dans le nez et t'auras l'air d'un corniaud.

Thomas opina de la tête.

— Tu as appris ça sur les bateaux, plus qu'au sommet des murailles, pas vrai ?

— Ouais.

Thomas avait mis juste et perçut l'étonnement que l'autre cherchait à dissimuler. Il résolut de profiter de son avantage :

— Sur quels bateaux ?

Le Balafré cracha et rata l'auge à cochons. En bas, Morvan hurla de rire.

— Les bateaux de l'abbaye. D'abord, j'ai pelleté le sel pour charger la cale et puis après je suis monté à bord. C'était bien.

Il cracha avec force juste aux pieds de Morvan, qui répondit par un affreux juron.

— Pourquoi n'es-tu pas resté marin ?

Le Balafré regardait au loin comme s'il n'avait pas entendu.

— Alors, Thomas ? C'est ton tour ! s'énervait Morvan.

Thomas lui fit un pied de nez et ne bougea pas. Il attendait la réponse.

— Fallait pas laisser Alix toute seule. Qui se serait occupé d'elle ? Hein ?

C'était donc ça. La petite Alix comptait beaucoup pour le Balafré. Thomas se retint de demander quand et comment leurs parents étaient morts. Il imaginait sans peine le garçon capable de tous les mauvais coups pour nourrir et protéger sa sœur. Il comprenait mieux à présent son regard de loup affamé le soir du naufrage. Le moment était venu de poser une question qui lui tenait à cœur depuis longtemps et il espérait bien que le Balafré y répondrait. Il se lança :

— Devant le bateau, le soir de la tempête, qu'as-tu fait du bijou que je t'ai remis ?

Le Balafré éclata de rire.

— Je l'ai donné à la dame. Que voulais-tu que j'en fasse ?

Il ne mentait pas, Thomas en était sûr.

— Et alors ?

— Rien. Elle l'a pris. En échange, j'ai gardé la bourse. C'était honnête.

Après une courte réflexion, Thomas dut admettre que oui. Le petit soleil rouge valait un bon prix. La femme en avait certainement tiré de beaux écus. De son côté, le Balafré aurait eu toutes les difficultés à l'échanger contre de l'argent, et le changeur l'aurait facilement pris pour un voleur. Voleur qu'il était, bien sûr, mais pas cette fois-là, car la broche rouge était bien une sorte de cadeau, Thomas en convenait même si cela lui pinçait un peu le cœur.

Le Balafré ajouta :

— Avec l'argent de la bourse, j'ai acheté des vêtements propres, le costume de petit diable et les couteaux. Nous sommes partis sur les routes. Nous avons même dormi dans une auberge, un soir qu'il pleuvait. Vers la Loire, j'ai rencontré le musicien qui nous a amenés ici.

Il se détourna, comme s'il en avait trop dit. Thomas était satisfait. Pour fêter cette petite victoire et se donner une contenance, il cracha de toutes ses forces, sans prendre le temps de viser, et ce fut la robe d'Adeline qui reçut le crachat. Depuis le parapet, il lui cria des excuses. Elle ne protesta pas, essuya sa robe avec une poignée de paille et continua son chemin. Thomas aurait préféré qu'elle hurle, qu'elle lui envoie des injures, comme avant. Adeline n'était plus la même depuis le soir des couteaux. Silencieuse, elle baissait les yeux quand elle le croisait. Elle évitait la plupart des gens du château, en dehors d'Alix et de Dame Isabelle. Pauvre Adeline ! Il la revoyait accoudée à la barrière, et ce mépris avec lequel elle avait proposé le jeu du couteau ! Quelle mouche l'avait piquée, ce jour-là, pour être arrogante à ce point ? Elle avait honte à présent, terriblement honte, puisqu'il avait relevé le défi et gagné la partie.

Soucieux de la réconforter, l'oncle Raymond lui avait confié le soin des chiots qui grandissaient au chenil. Cette responsabilité lui faisait du bien. Elle semblait heureuse en leur compagnie et passait désormais des heures dans la basse-cour où les chiens de chasse avaient leur enclos.

De son côté, l'oncle Raymond redoublait de gentillesse à l'égard de tous, cherchant à faire oublier cette malheureuse soirée où il avait manqué de vigilance. Dès le lendemain, il avait réuni tout le monde dans la cour et avait fait publiquement l'éloge de Thomas, insistant sur son courage et sa capacité à affronter la peur. Plus tard, dans la chambre des dames où il avait convoqué son neveu, il s'était longuement excusé auprès de lui, en présence d'Isabelle de Poulfenc.

— J'ignorais, avait-il dit, à quel point Baudouin s'est montré rude envers toi. Mais enfin, il appartient à une bonne famille et nous ne pouvons en aucun cas fâcher son père, un puissant seigneur dont il vaut mieux garder l'amitié. Pour exprimer mon mécontentement à Baudouin, je l'ai envoyé chez un de nos cousins. Il était nécessaire de l'éloigner quelque temps, n'est-ce pas ? À son retour, j'aurai une autre mission à lui confier. Je lui ferai porter une lettre à Poitiers, chez la reine Aliénor qui accueille et récompense si bien les poètes. Je souhaiterais faire un séjour à sa cour. Puisque tu grandis si vite, mon garçon, avait-il dit en se tournant vers Thomas, je peux alléger un peu la charge qui m'incombe, celle de veiller sur l'héritier des Poulfenc !

Puis il avait soupiré à Isabelle qu'il aurait bien de la tristesse à s'éloigner du château. Et celle-ci, afin d'éviter un silence gênant, avait demandé s'il voulait bien leur présenter ses nouveaux poèmes. Thomas se souvenait parfaitement de cet instant. L'oncle s'était levé aussitôt, prêt à déclamer quelques vers. Thomas le regardait avec intensité, tout à son exaltation, à son plaisir de faire partager son œuvre. L'oncle arpentait la pièce avec une sorte de fébrilité, cherchant la meilleure place. Il finit par se poser devant la fenêtre, le regard au loin, vers la forêt qui s'étendait à perte de vue. Le poème qu'il avait choisi évoquait une chasse particulière, suivait la piste de la « biche son amie, la biche aux jambes légères, au ventre rond frôlant les buissons » que le chasseur traquait sans vouloir la tuer, et préférait voir courir que mourir.

« Encore un chant d'amour ! » s'était dit Thomas, mal à l'aise. Quel étrange homme que cet oncle, poète et amoureux, ne montrant rien de lui-même pour tout livrer dans ses écrits ! Thomas s'était demandé si Raymond de Poulfenc n'était pas un peu amoureux de sa mère. Mais il n'arrivait pas à croire que ces poèmes lui fussent vraiment dédiés. La bien-aimée décrite là était une gracieuse jeune fille et non pas cette femme mariée depuis longtemps, qui avait porté et mis au monde des enfants. Alors, si ce n'était pour elle, pour quelle femme l'oncle Raymond écrivait-il ?

Sur le chemin de ronde, tandis que le Balafré s'était éclipsé et que Morvan discutait en bas avec le curé, Thomas, resté seul, repensait à cette journée étonnante qui avait suivi la soirée des couteaux : il avait découvert en même temps le plaisir de croiser des regards admiratifs, le soulagement d'être délivré de Baudouin, et une nouvelle manière de s'initier au métier des armes. Avec Morvan, l'apprentissage n'était pourtant pas moins exigeant. Le sergent rendait les coups avec vigueur et pointait toutes les maladresses de son élève.

— Prends garde à gauche ! Ne te découvre pas autant. Oui, vas-y. Fonce ! Par saint

Michel, cogne donc ! T'es pas assez vif, mon garçon. On ne dirait pas que Baudouin t'a fait courir et sauter pendant deux mois ! Au combat, si tu veux rester vivant, faudra que tu sois rapide, fort et adroit. Les trois à la fois, tu m'entends ?

Thomas écoutait et ne rechignait pas. Coûte que coûte, il devait réussir. Il devait savoir tenir une épée et maîtriser un cheval s'il voulait être un jour maître du château. De ce château qu'il commençait à aimer.

Tout lui semblait tellement plus familier qu'au premier jour ! Il s'était habitué au désordre, aux détritus laissés dans la cour, aux incessantes querelles autour du puits. Il ne sursautait plus lorsqu'il entendait brailler dans la cuisine ; il n'était plus choqué de voir un valet mettre la main sous la jupe d'une fille et riait avec les autres lorsqu'il surprenait un palefrenier étalé dans le fumier.

Depuis le haut des murailles qu'il se plaisait à parcourir, tout était calme et beau. On voyait les troupeaux paître dans les champs moissonnés, derrière les maisons basses. Là-bas sur la route, un cavalier galopait vers le village. Du côté des écuries, Raymond de Poulfenc, vêtu d'une belle chemise de lin, discutait avec un écuyer.

Soudain, Thomas perçut de l'agitation dans la basse-cour. Adeline courait en tous sens après l'un des chiots qui s'était égaré. Thomas lui cria de patienter et scruta les recoins qui pouvaient abriter le jeune animal. Adeline lui faisait des signes désespérés. Il cria qu'il descendait l'aider.

Arrivé devant l'enclos, il la trouva toute essoufflée qui revenait de la mare.

— J'ai peur qu'il se soit noyé. Ce serait de ma faute et ton oncle...

Elle allait se mettre à pleurer. Il la houspilla un peu :

— Un chien sait nager dès sa naissance, tu le sais bien. Cherche donc, au lieu de geindre !

Ils finirent par retrouver le fuyard dans la remise aux charrettes, en train de déchiqueter un rat qu'il venait d'attraper.

— Eh bien, fit Adeline, soulagée, tu es bien le fils de Brutus ! Pas besoin de t'apprendre à chasser !

— C'est qui ce Brutus ? demanda Thomas en fronçant le sourcil.

— Un chien très vigoureux, dangereux. Un chef de meute. Ton père disait qu'il était le meilleur. Il lui avait fait graver un collier à son nom.

Thomas sentit un froid étrange lui glacer le dos. Il eut brusquement l'impression d'être au seuil des portes de la nuit, sur le point de réveiller les monstres endormis.

« Il fait grand jour et ce n'est qu'un chien de chasse ! » raisonna-t-il en lui-même pour dissiper son malaise.

— Montre-moi ce Brutus, dit-il d'une voix hésitante.

— Il n'est plus là ! Il a disparu au printemps. Peut-être éventré par un sanglier, a dit ton oncle, qui l'a cherché partout. C'est sûrement mieux ainsi. Il aurait fini par mordre quelqu'un ! Tu vois, c'est surtout après le départ de ton père qu'il est devenu féroce. Crois-tu qu'il était triste d'avoir perdu son maître ?

Thomas n'eut guère le temps de réfléchir à la remarque d'Adeline. Il venait à peine de refermer la porte du chenil qu'il entendit Morvan appeler du sommet de la tour :

— À l'aide, les gars ! Thomas, vite !

Au ton de la voix, il sut que c'était sérieux.

— Pas le temps de seller les chevaux ! Courez ! Courez ! criait Morvan.

— Mais où ? Quoi ? hurla thomas.

— Au lavoir, vite ! Y a qu'un couteau cette fois, mais y aura du sang plus qu'il n'en faut.

Un couteau ! C'était donc le Balafré ! Dans quel guêpier s'était-il fourré ? La porte piétonne était ouverte. Thomas s'engouffra sous le passage voûté. Deux gardes le suivaient de près.

Le lavoir était situé dans le creux du vallon, à mi-chemin entre le château et le village. Ils dévalèrent le sentier herbeux, contournèrent le petit bâtiment et s'arrêtèrent net.

Le Balafré se tenait le dos au mur, l'œil mauvais, prêt à écharper le premier qui s'approcherait. Le couteau qu'il pointait était déjà rouge de sang et l'un des garçons en face de lui avait une estafilade au bras. Un couteau au poing et rien d'autre. Mais quelle détermination sauvage ! Ils étaient trois contre lui : deux gars du village que Thomas ne connaissait pas et le fils du tonnelier du château. Derrière son frère, agrippée à lui, la petite Alix, les cheveux défaits, était aussi livide que sa chemise. On pouvait facilement imaginer la scène : l'un des gars avait voulu l'approcher, la violenter sans doute, et elle avait crié. Depuis le chemin de ronde, l'oreille fine du Balafré avait dû percevoir ses appels au secours. Voilà pourquoi il était parti si brusquement ! Sans demander d'aide, habitué à régler ses affaires tout seul. Celle-ci, hélas, risquait de lui coûter cher...

Thomas jeta un coup d'œil aux alentours et sursauta. De l'autre côté de la route, la bride sur le col, attendait un cheval qu'il aurait reconnu entre tous. Le cheval de Baudouin ! Son cavalier, surgi d'on ne sait où, s'avança à grandes enjambées.

— J'arrive à point pour voir que ce vaurien sème déjà la pagaille au village !

Il avait retrouvé sa voix mordante des semaines passées, et Thomas sentit immédiatement monter en lui la vague chaude de la colère. En même temps, un instinct animal lui commanda de ne pas s'emporter. À nouveau il flairait le danger sans réussir à lui donner un nom.

— Baudouin, tu n'as rien à faire ici. Personne à Poulfenc n'a de comptes à te rendre, dit-il d'un ton bref.

L'arrivée de Morvan et de ses gens d'armes dispersa le groupe des agresseurs, qui disparurent en un clin d'œil. Baudouin regagna posément son cheval et se mit en selle.

— Mais qu'est-ce qu'il fait là, celui-là ? grogna Morvan. Ça m'étonnerait qu'il soit revenu sans la permission de messire Raymond.

— Je m'apprêtais à remettre de l'ordre, fit Baudouin en montrant son fouet. Dieu merci, vous êtes arrivés à temps !

Et il pressa du genou sa monture, qui s'éloigna au pas.

Chapitre 9

Contre le mur du lavoir, le Balafré, hors de lui, ne voulait pas baisser son arme.

— Tu n'as pas le choix, Lucas ! s'emporta Morvan. Tu lâches ce couteau et tu tends sagement les mains, sinon nous te mettons en pièces, toi et ta sœur, parce qu'on en a assez des histoires qui se passent chez nous depuis que vous êtes arrivés.

Il avait prononcé ces derniers mots d'une voix tonitruante afin de décontenancer l'adversaire. Il obtint l'effet voulu. Le Balafré laissa retomber son bras et les gens d'armes l'empoignèrent aussitôt.

Thomas le vit encore prêt à se débattre puis capituler. Il ne broncha plus. Ce fut la petite

Alix qui poussa un cri d'effroi lorsque les gardes ligotèrent son frère. Le Balafré lança alors à Thomas un regard désespéré. Lui enchaîné, Alix était en danger. Ceux qui l'assaillaient tout à l'heure seraient bientôt de retour. Si personne ne la prenait sous sa protection, il ne donnait pas cher de son joli sourire. Thomas comprit. Il fit oui de la tête et attrapa le bras d'Alix.

— Que vont-ils faire de lui ? balbutia-t-elle.

— Le mettre en prison. Ne t'inquiète pas. Jusqu'à demain, il ne se passera rien.

— Et après ?

— Je ferai de mon mieux pour atténuer sa peine... Toi, petite, ne reste pas là. Je vais te conduire chez ma mère.

— Je ne suis pas petite, juste moins grande et moins rondelette que les autres.

— Cela ne t'empêche pas d'avoir les garçons à tes trousses !

Elle ne répondit pas, mais il la sentit frissonner. Il s'en voulut d'avoir été maladroit. C'était la première fois, en dehors de ses contacts avec Adeline, qu'il touchait la peau d'une fille, et cette fois, c'était différent. Alix lui faisait l'effet d'un oiseau battant des ailes, comme si son cœur palpitant était partout à la fois, jusqu'au bout de ses doigts, dans le mouvement de ses cheveux. Il se souvenait d'elle vêtue en petit diable, murmurant dans son dos les mots choisis pour apaiser la peur. Il se sentait ému par elle, parce qu'elle était singulière, maigrelette, sauvage. Tout ce que n'étaient pas les autres filles. Il ne savait pas comment le lui dire, et puis ce n'était pas le moment.

— Pourquoi es-tu sortie de la cour ? reprocha-t-il.

— Pour chercher le chien ! Adeline est allée à la mare et moi j'ai pensé : il sait déjà courir vite. Il a peut-être suivi quelqu'un. Je suis descendue vers le village. Au lavoir, les lavandières venaient de partir. J'ai fureté un peu partout et tout a mal tourné quand est arrivé ce blond avec ses yeux de cochon.

— Baudouin ? !

— Il est descendu de cheval et, aussitôt après, les autres étaient là, à me plaquer contre le mur. Lui restait à l'écart. Il n'a rien fait pour me délivrer. Ça avait plutôt l'air de l'amuser.

Tout en l'écoutant, Thomas serrait plus fort le bras menu sous ses doigts. Il repensait à la remarque de Morvan. L'oncle avait bien dit que Baudouin reviendrait brièvement, pour repartir ensuite. Mais personne ne l'attendait si tôt. L'oncle avait-il déjà prévu son retour ? Quel rôle Baudouin jouait-il exactement dans cette affaire ?

— Alors tu as appelé ton frère ? reprit-il.

— Oui. J'ai crié comme la chouette.

Il sourit.

— Tu sais faire ça ?

— Je ne te montre pas maintenant, sinon mon frère va entendre et il aura peur pour moi.

Elle avait raison. Il se tut.

— Tu me croiras plus facilement si je te dis que nous avons été élevés dans la forêt. Nos parents étaient charbonniers.

Thomas ne s'attendait pas à cela. Charbonniers ! La pire condition qui soit ! Des humains vivant comme des bêtes au fond des forêts, faisant cuire à petit feu le bois abattu par les bûcherons afin d'obtenir du charbon. Des gens sans maison ni paroisse, abandonnant leur hutte pour en dresser une autre au gré des coupes de bois.

Il ne put s'empêcher de remarquer :

— Tu parles bien, pourtant...

— ... pour une pauvresse sans éducation ! C'est un ermite qui m'a appris. Il disait que je n'étais pas une fille des bois. Je lui apportais à manger et lui m'enseignait des mots élégants. Et aussi, il reprisait mes vêtements.

— Quels mots par exemple ?

— Eh bien, reconnaissance. « Madame, je vous prie d'accepter ma reconnaissance. » Ou bien miroir. « Les miroirs permettent aux jeunes filles de rencontrer leur âme. » Mais celui que je préfère, c'est « délicieuse friandise ». Et tu ne devineras jamais qui me l'a appris !

Elle rit avec espièglerie tandis qu'il la regardait d'un air ébahi. Elle ne le laissa pas chercher longtemps.

— Frère Géraud, de l'abbaye Saint-Jean. Il rendait visite à notre ermite. En fait, il venait le soigner.

Thomas ne fut pas étonné outre mesure. Il se souvenait trop bien de ces longues sorties autorisées à l'infirmier tandis que lui, pauvre moinillon, se morfondait derrière les murs de l'abbaye !

— Un jour, j'avais apporté un gâteau de miel décoré avec des framboises. Frère Géraud a mangé deux grosses parts de la « délicieuse friandise » !

Cette fois, ils rirent tous les deux de bon cœur. Puis elle redevint sérieuse :

— Un autre jour, il est reparti avec Lucas.

— Ton frère ne voulait pas être charbonnier, je comprends ça.

Elle secoua la tête.

— Lucas voulait voir le ciel en entier et pas seulement des petits morceaux entre les arbres.

Ils étaient arrivés dans la haute cour, au pied de la tour, et gravirent l'escalier en silence. Devant la porte de la chambre, Thomas demanda à Alix d'attendre. Il devait d'abord s'expliquer avec sa mère. C'était la première fois qu'il prenait la liberté de frapper chez elle sans y être invité. La chambre des dames était un lieu de réunion les soirs après souper, à l'heure des contes et de la musique, mais jamais au milieu de la journée lorsque les femmes sont à la sieste ou à leur couture.

— Entrez ! crièrent pourtant plusieurs voix à la fois.

Il s'arrêta sur le seuil.

Isabelle de Poulfenc était tête nue. À son bras pendait un lourd écheveau de laine. Récoltée à la tonte des moutons puis lavée et filée, la laine ferait des couvertures et des manteaux pour l'hiver ; les femmes du château s'y employaient dès la fin de l'été. Par terre, assise sur un coussin, Adeline torsadait des fils de couleurs différentes.

Elles étaient déjà au courant de la bagarre.

— Lucas a été mis aux fers dans la salle basse à côté du cellier. Cela fait longtemps que nous n'avons pas eu de prisonnier. Est-ce pour m'annoncer cela que tu es ici, mon fils ?

— Oui, ma mère, enfin non. J'ai besoin de votre aide.

Elle se redressa, prête à l'écouter.

— Vous savez comment cette bagarre a commencé ? Il a voulu défendre sa sœur qui était agressée par quatre voyous. C'est vous qui êtes la maîtresse de ce château en l'absence de mon père. Je vous demande un peu de clémence pour eux deux. Renvoyez-les demain matin, sans jugement ni châtiment. Pas de fouet. Rien. Juste la porte ouverte pour qu'ils s'en aillent.

Elle fronçait les sourcils.

— Ma mère, je vous en supplie. Ils viennent de l'abbaye Saint-Jean. Ce ne sont pas des vauriens ! Je vous expliquerai plus tard.

— Pourquoi pas maintenant ?

— Parce que le temps presse. J'ai bien des raisons de croire que mon oncle va monter d'ici peu vous donner une autre version de cette histoire. Le soir des couteaux, vous avez dit qu'il ne méritait plus votre confiance, n'est-ce pas ? Alors, je vous en prie, ne l'écoutez pas trop et écoutez-moi un peu !

— Soit, mon fils, soupira-t-elle. Je te l'accorde : ces deux jeunes jongleurs quitteront le château demain à l'aube et nous n'entendrons plus jamais parler d'eux. C'est bien cela que tu veux ?

Thomas hocha la tête et avala sa salive. Comment lui faire accepter sa deuxième requête ?

— Merci, merci, ma mère, mais ce n'est pas tout, reprit-il rapidement, de peur d'être interrompu. Je vous demande de prendre pour cette nuit, avec vous et vos femmes, la petite Alix qui ne peut en aucun cas rester seule dans le grenier où elle dormait jusqu'à présent avec son frère.

— Thomas, penses-tu donc que mon château n'est pas sûr ?

— Oui, ma mère, je crois qu'il ne l'est pas.

Il s'efforçait de parler d'une voix assurée. Peut-être pressentait-elle aussi que le château était un champ de bataille où les ennemis avançaient masqués. Elle, avec son beau visage franc tourné vers lui, devait devenir son alliée !

Elle paraissait troublée par ses paroles, prête à fléchir.

— Cette gamine est-elle propre, au moins ?

— Si vous le jugez bon, faites-lui donner un bain. Mais j'insiste pour qu'elle passe la nuit sous votre protection.

— Elle pourra dormir avec moi ! proposa Adeline en désignant une couche étroite dans une encoignure. Il y a bien de la place pour deux, vu qu'elle n'est pas plus épaisse qu'un jeune chat.

Thomas jeta un regard vers sa mère, qui ne semblait pas s'y opposer.

Il s'inclina.

— Merci de tout mon cœur. Adeline, je te revaudrai cela.

Les yeux d'Adeline s'emplirent de larmes.

— C'est moi, Thomas, qui ai une dette envers toi.

Il lui fit signe de s'apaiser.

Avant de sortir, il ajouta :

— Et si mon oncle se présente, ce qui ne saurait tarder, vous cachez Alix sous le lit, bien sûr.

Adeline fut la première à pouffer. Derrière la porte, parmi des rires qui fusaient dans la chambre, il reconnut aussi celui d'Alix, qui s'était glissée près de la cheminée sans qu'on la remarque et avait déjà commencé à démêler une poignée de fils.

Thomas écoutait les rires en descendant l'escalier, le cœur bondissant d'allégresse.

Entendant des pas qui montaient, il s'arrêta sur le seuil du premier étage pour laisser passer son oncle.

— Thomas, tu viens de chez ta mère ? Que se passe-t-il là-haut ? J'entends rire d'ici. L'heure n'est pourtant pas aux réjouissances !

— C'est qu'Adeline va beaucoup mieux, mon oncle. Le chiot que vous lui donnez à garder lui a rendu sa gaieté.

L'oncle parut satisfait et Thomas, en descendant plus calmement, se demanda ce qu'aurait dit frère Géraud de ce joli mensonge. Ah, cher frère Géraud, si soucieux de faire respecter la règle du monastère mais ne résistant pas aux « délicieuses friandises », au point d'en prendre deux grosses parts !

— Frère Géraud, aidez-moi à y voir clair ! murmura Thomas. J'avance sur un chemin semé de chausse-trapes.

Pour une fois, la cour était déserte. Il se rinça le visage dans le seau de bois près du puits et s'assit sur la margelle. Il avait besoin de réfléchir. À cet instant, l'oncle Raymond était arrivé dans la chambre. Adeline jouait parfaitement son rôle, il en était sûr. Le souci était plutôt la réaction de sa mère, qui subissait l'influence de l'oncle et ne voudrait pas s'opposer à lui. Raymond de Poulfenc était certainement en train d'insister pour que le Balafré soit jugé et châtié. Pourvu qu'elle soit fidèle à sa parole !

La porte de la cuisine s'ouvrit et une fille versa dans l'auge à cochons le contenu d'une marmite. Deux jeunes porcs se précipitèrent, le groin en avant. La petite Alix avait vu juste : L'un deux, l'oreille rabattue sur l'œil faisait effectivement penser à Baudouin, lequel n'avait pas reparu.

Thomas se leva. Le meilleur moyen de savoir où il se cachait était de monter sur le chemin de ronde et de surveiller les allées et venues.

En haut, Morvan mâchonnait une tige de blé qu'il enfonçait avec application entre ses chicots restants afin de nettoyer ses gencives. Il regardait au loin, le front barré d'un pli.

— Je l'ai enfermé.

— Tu as bien fait. Qui le garde ?

— Raoul. Un homme de confiance. Personne ne pourra l'acheter.

Le sergent hésita et poursuivit :

— Thomas, y a quelque chose de louche.

— Ah, tu trouves aussi !

Instinctivement, il avait baissé la voix et se rapprocha de Morvan sans quitter des yeux la cour et la fenêtre de sa mère à la façade du logis.

— Vois-tu, Raoul est venu me porter ça, qu'il a trouvé derrière le bosquet, là où les gars ont détalé tout à l'heure

— Un denier d'argent. C'est diablement beaucoup pour la poche d'un paysan ou d'un tonnelier. Tu penses qu'on les a payés ? Que Baudouin les a payés ?

— Je dirais que ce pourrait être ça. Et pourtant Baudouin n'est qu'un couard, juste bon à obéir.

— Il a perdu la face, l'autre soir. Ça lui donne toutes les raisons de se venger.

Morvan mâchonnait son fétu de paille avec nervosité. Il avait encore à dire :

— Mes gardes disent qu'ils ont vu la sorcière en arrivant près du lavoir. Et que la petite est sûrement de mèche avec elle. De là à dire qu'Alix a ensorcelé les gars qui se sont jetés sur elle... Avant ce soir, tout le château ne parlera que de ça. Regarde-les déjà chuchoter autour du puits.

Thomas eut le cœur glacé en découvrant l'attroupement dans la cour. Sa mère allait donc l'apprendre aussi et changerait peut-être d'avis.

— Demain à l'aube, ils seront partis, dit-il pour se convaincre lui-même que tout irait bien.

Morvan haussa les épaules et marmonna :

— Tout de même, Thomas, cette histoire de sorcière...

— Pourquoi pas un diable cornu, le cul nu, tant que tu y es ? cria Thomas, excédé.

Il aurait voulu pleurer.

Si Morvan aussi passait du côté des ombres, que lui resterait-il ?

Heureusement, une petite main s'agita à la fenêtre de la chambre, puis une deuxième. Adeline et Alix disaient à leur façon que l'entrevue s'était bien passée. Finaudes, elles ne montraient pas leur visage. Il les remercia d'un signe, en espérant qu'elles le verraient, puis le silence s'installa. Morvan marchait lourdement le long du parapet, le menton enfoncé dans son camail de mailles*. Thomas ne cessait de déplacer les pions sur l'échiquier : sa mère, Morvan, l'oncle Raymond,

* Capuchon ajusté qui protège la tête et les épaules.

Baudouin, cette sorcière qui réapparaissait, et puis le Balafré qui compliquait tout avec son impulsive sauvagerie. Le Balafré qui dégainait le couteau trop facilement et qui voulait voir le ciel en entier...

— Je vais lui porter à manger, déclara-t-il brusquement.

— Au prisonnier ? Toi ? Tu perds la tête ! Tu es le fils du château, Thomas ! Envoie plutôt une fille ou un valet de cuisine. Cela dit, personne ne t'empêche de visiter la prison quand tu voudras. Moi, j'irai remplacer Raoul après souper.

À la fin du repas, Isabelle de Poulfenc fit savoir qu'il n'y aurait ni musique ni divertissement ce soir-là, car les femmes souhaitaient se coucher tôt. Thomas par-dessus la table lui envoya un discret baiser du bout des doigts. Elle rougit un peu et quitta la pièce sans tarder. L'oncle fit un signe d'assentiment et réclama à boire. Thomas s'empressa de le servir. L'oncle buvait trop les soirs où il s'ennuyait, les soirs de fête aussi. Mais pour les heures à venir, tant qu'il resterait attablé à rêver ses nouveaux poèmes, il n'irait pas perturber le fragile équilibre que Thomas essayait de maintenir.

Une fois qu'il eut rempli la coupe de son oncle, jusqu'au bord, Thomas s'éloigna pour se rendre à la prison avant la tombée de la nuit.

Raoul était assis par terre, le dos contre la porte de la salle basse.

— Comment doit-on faire ? Tu m'ouvres et je rentre ? Ou bien, je lui parle au guichet ?

— C'est toi le maître, fit Raoul en se redressant.

— Alors ouvre.

La salle était vraiment basse, humide, et puait le moisi. Le Balafré était debout près de la porte, cherchant à capter le mince rai de lumière. Raoul lui avait délié les mains pour qu'il puisse manger.

— Ta sœur dort cette nuit chez ma mère. Vous partirez demain au petit jour, et tu seras libre.

— Je n'ai rien fait de mal.

— Je sais.

Ils n'allaient pas se revoir et devaient se dire adieu.

— Hé, le Balafré, c'est ainsi que je t'ai nommé quand je t'ai vu la première fois. Tout balafré que tu es, tu es meilleur garçon que ce que tu parais.

— Te fie pas aux visages, Thomas. Il se passe de drôles de choses dans ce château. Et surtout méfie-toi du petit blond avec ses yeux de cochon. Si je m'écoutais, je lui enfoncerais un couteau dans le dos.

— Tu vas partir avec tes couteaux et ne plus remettre les pieds ici. Je vous souhaite bonne chance, à toi et à ta sœur.

Dans la pénombre, il ne pouvait distinguer le visage du Balafré. Tout était dit. Il resta un instant silencieux. Aucune réponse ne vint. Il sortit, le cœur un peu amer.

— La dernière fois que nous avons eu un prisonnier, dit Raoul en refermant la porte, c'était avant le départ de ton père.

Thomas l'écoutait à peine. Il se moquait bien du dernier prisonnier de Poulfenc.

— Nous avons dû enfermer Bertrand de Mauvis, insista Raoul.

— Qui était-ce ?

— Notre chef de garnison.

— Celui qui est parti avec mon père ! Comment donc ? Qu'avait-il fait ?

— Il s'était battu contre messire Raymond. Je crois qu'ils avaient bu tous les deux. C'est ce soir-là que ton oncle a eu son accident. Ton père a fait enfermer Bertrand mais ton oncle l'a défendu. Ce n'était pas la faute de Bertrand si la vieille palissade était pourrie.

— Et Bertrand est parti quand même. Mon père lui a pardonné ?

— Ouais, ton oncle aussi. Il a dit que c'était la volonté de Dieu, conclut Raoul. Hé, si tu vois Morvan à la cuisine, ajouta-t-il en calant son dos contre la porte, dis-lui de se dépêcher, sinon y aura plus de soupe pour moi.

En sortant de la tour, Thomas buta sur Morvan, qui arrivait à l'heure dite.

— J'en ai assez d'apprendre petit à petit ce que tout le monde sait déjà ! Tu connaissais, toi, cette bagarre entre mon oncle et Bertrand de Mauvis ? Bien sûr que oui, n'est-ce pas ?

Morvan eut l'air embarrassé.

— Alors, quoi ? s'énerva Thomas.

— Viens par ici, mon garçon, dit Morvan en l'entraînant vers le centre de la cour, loin des recoins pouvant cacher une oreille indiscrète.

— Tu vois, Thomas, murmura-t-il, je ne crois pas que ton oncle ait beaucoup souffert de sa blessure.

— Comment le sais-tu ?

— Personne n'a assisté à l'accident. On a retrouvé ton oncle dans l'éboulis de la palissade, le corps marqué de coups...

— Mais ?

— Le lourd madrier n'a pas pu tomber sur lui comme il a été dit. Je le sais. Il a été déplacé et posé sur lui. Tu saisis la différence ?

— Grand Dieu ! Et tu n'as rien dit ?

— Je m'en suis rendu compte trop tard, quand ton père était déjà en route avec Bertrand.

— Ce qui signifie, articula lentement Thomas, que mon oncle n'a pas voulu partir. Parce qu'il avait peur ?

— Ou parce qu'il avait d'autres raisons, gronda Morvan, les dents serrées sur le fétu de paille qu'il mâchonnait encore.

Chapitre 10

La nuit fut effroyable. Le chien revint à plusieurs reprises, plus féroce que jamais, dévorant tour à tour un bras et un visage, déchirant la gorge de sa victime, que Thomas entrevoyait sans jamais pouvoir l'identifier. Il étouffait, se débattait, se réveillait et ne se rendormait qu'après avoir péniblement calmé l'angoisse qui lui étreignait la poitrine. Il lui semblait que ce visage terrorisé l'appelait, et il serrait les poings dans l'obscurité de la chambre, seul face à son impuissance.

Au petit jour, alors que la brute assaillait à nouveau ses rêves, il vit nettement un couteau pointé contre les crocs sanglants, un couteau qui obligeait la gueule monstrueuse à reculer.

Une lame droite, étincelante, assez forte pour déchirer enfin l'horrible mâchoire.

Il se dressa sur son lit et tituba à travers la chambre, butant sur les paillasses où reposaient encore quelques dormeurs. Une seule certitude, aussi nette et lumineuse que la lame apparue dans son rêve, occupait désormais son esprit enfiévré : il ne fallait pas laisser partir le Balafré. Il avait besoin de lui. La petite Alix et le Balafré devaient rester au château. Ils ne seraient pas trop de trois pour lutter contre le monstre, quel qu'il fût, et le couteau du Balafré saurait viser juste, au moment voulu. Vite, il fallait avertir Morvan. Qu'il ne délivre pas trop vite le prisonnier ! Mais comment faire accepter cette décision à sa mère, à son oncle, aux gens du château, à ceux du village ?

Il croisa Adeline devant la cuisine.

— Ils sont partis, lui glissa-t-elle. J'ai accompagné Alix jusqu'à la grande porte où l'attendait Lucas. Morvan l'a fait libérer dès la fin de la nuit.

— Ça fait longtemps ? demanda Thomas, hébété, en regardant le ciel gris au-dessus de la tour.

— Le temps de faire chauffer mon lait et de manger la galette que j'ai trempée dedans.

Thomas s'assit lourdement sur le banc près de la porte.

— Il a dit quelque chose pour toi, reprit-elle.

— Le Balafré ?

— C'est ainsi que tu l'appelles ? Il a dit de te méfier du petit blond.

— Je sais.

— Mais pas trop de la boiteuse ! ajouta-t-elle en s'asseyant à côté de lui, la voix chevrotante dissimulant mal son émotion.

Il la serra contre son épaule. Elle s'essuya le nez sur sa manche.

— Ça, c'est pour te remercier du crachat, renifla-t-elle.

Il essaya de sourire. Elle chuchota :

— Pour le soir du lancer de couteaux, la boiteuse s'est bêtement laissé entraîner par le petit blond. Elle n'en est pas fière aujourd'hui. Depuis, elle a eu le temps d'y penser. Et elle serait prête à parier que, derrière le petit blond, il y a le grand qui tient les rênes.

— Oui, fit Thomas dans un souffle, je commence à comprendre ça aussi. Tu vois, Adeline, nous ne sommes pas assez forts. Nous avons besoin du Balafré. Il faut l'empêcher de partir.

— Mais il est parti ! soupira-t-elle.

— Eh bien, allons le chercher ! dit-il en se levant soudain. Tu viens ? Je prends mon cheval et toi la jument de ma mère. Ça lui fera du bien de se dégourdir les jambes.

Les chevaux furent vite sellés. Un des palefreniers, déjà debout, avait la tête trop ensommeillée pour s'intéresser au but de la sortie. Ils quittèrent la cour au pas et ne prirent le trot qu'en bas de la côte. Les gardes les avaient repérés, sans aucun doute, et Morvan en serait averti. Mais le fils du château avait bien le droit de se promener avec sa cousine ! Morvan, comme les autres, découvrirait le reste à leur retour.

Le matin était frais et brumeux, rempli de senteurs d'automne. En traversant le village, ils furent interpellés par une femme qui revenait de la fontaine.

— Alors, quand est-ce qu'on le juge, le gars aux couteaux ? Qu'on lui coupe la main, c'est tout ce qu'il mérite. Dire qu'il a failli poignarder mon fils ! Et le petit Jean a une mauvaise plaie au bras...

Elle s'agitait, parlait de plus en plus fort. Des visages curieux apparaissaient au seuil des maisons.

— Ils ont touché de l'argent pour leur peine, non ? répliqua Thomas d'une voix dure.

La matrone perdit aussitôt son air arrogant et se gratta la tête sous le bonnet de toile.

— Tu vois ! L'affaire est donc classée. Demande plutôt à ton fils qui l'a payé et pour quoi faire. Tu trouveras le coupable ! cria Thomas en pressant son cheval.

Il s'arrêta après les dernières habitations et se tourna vers Adeline, qui le suivait sans peine. Devant eux, la route serpentait vers la rivière dans un vaste paysage de champs blonds, bordés de longues haies. Là-bas, elle franchissait le pont avant de disparaître derrière un bouquet d'arbres. Deux voyageurs à pied auraient été faciles à repérer.

— Ils ne sont pas là, marmonna Thomas. Ils ont pris un autre chemin. Le Balafré n'est pas un imbécile. Il n'allait pas s'exposer au milieu de ces villageois à qui il voulait trouer la peau... Il ne t'a rien dit ?

Elle secoua la tête.

— Il a pris la main de la petite et puis voilà. Essayons plutôt vers la forêt de Malbrêche. Pour ceux qui connaissent le chemin, c'est un raccourci. En suivant le ruisseau, on rejoint la route de la vallée.

— La forêt de Malbrêche ! Bien sûr ! C'est moi, l'idiot ! La forêt, ils ont l'habitude. Ils y sont nés ! Pour le Balafré, c'est moins risqué que le pont à péage, avec les gardes qui barrent la route.

Ils traversèrent le village au galop et prirent la direction de Malbrêche. Lorsqu'ils furent sous le couvert des arbres, Adeline le rattrapa.

— As-tu pensé à l'accueil que nous allons recevoir ?

Comme il ne répondait pas, elle insista :

— Peut-être qu'ils ne voudront pas.

Thomas lui jeta un regard plein d'appréhension. Il ne pensait qu'à cela. En effet, ils n'avaient aucune raison de revenir. Et comment lui, Thomas, allait-il présenter sa demande ? Expliquer qu'il avait peur ? À cause d'un cauchemar qui le tourmentait la nuit ? Rien de tel pour susciter ce ricanement insolent du Balafré qui lui donnait toujours l'impression de n'être qu'un petit morveux.

Il chevauchait en silence, ruminant ses pensées.

— Regarde Thomas ! Ils sont là-bas ! dit-elle brusquement.

En effet, ils marchaient devant eux, en bordure du chemin. Alix portait son bonnet rouge de diablotin, visible de loin. Si le Balafré lui avait permis cette coquetterie, c'est qu'il ne craignait rien.

— Ils sont chargés ! s'étonna Thomas.

— Oui. Chacun un gros pain, du lard et du fromage. C'est moi qui le leur ai donné, sur ordre de ta mère.

Il la regarda, ahuri.

— Ta mère ne voulait pas que la petite ait faim, expliqua Adeline.

Thomas la fit répéter ces paroles puis talonna son cheval. Il se sentait tout à coup plus léger : sa mère prenait soin d'Alix ; elle n'était donc pas indifférente. Elle serait prête à l'accueillir à nouveau. Avec un peu de persuasion, elle accepterait aussi le frère. Tout allait donc s'arranger... à condition de convaincre le Balafré.

En entendant le pas des chevaux, les deux marcheurs s'étaient arrêtés. Alix sourit à Adeline dès qu'elle la reconnut. Le Balafré ne montra rien, comme à son habitude, mais ne semblait pas contrarié.

En sautant à terre, Thomas fit une courte prière à Dieu, à Notre Dame, à saint Michel et à frère Géraud, tous ensemble, afin qu'ils l'aident à trouver les bons arguments. Puis il se racla la gorge et commença à poser ses mots, tel un joueur d'échecs avançant ses pions :

— Lucas, je suis heureux de te voir libre. Avant que tu ne partes, je voulais te poser une dernière question. Tu sais que j'ai besoin de comprendre ce qui se passe au château, et tu peux m'aider.

Le Balafré attendait la suite. Thomas poursuivit.

— Le soir du lancer de couteaux, quelqu'un t'a-t-il proposé de l'argent pour accepter un autre partenaire à la place d'Alix ?

— Non. Et je n'ai rien demandé à personne.

— Je n'en doute pas. Tu vois, j'ai appris hier soir que mon oncle n'avait pas été victime de l'accident qui l'a – soi-disant – empêché d'accompagner mon père en Terre sainte. J'ai appris, donc, que cet accident a été volontairement provoqué.

— Et alors ?

Le Balafré avait posé son sac. Thomas venait de marquer un point.

— Cela signifie, continua Thomas, que mon oncle a laissé partir mon père et qu'il est maître du château en son absence.

— Mais tu es là ! s'étonna le Balafré.

— Justement, je suis là ! répliqua Thomas d'une voix sourde. Je crois surtout que ma présence l'empêche de manœuvrer à sa guise, lui et...

— ... l'autre, son complice, le petit pourceau ! acheva Alix.

Adeline était très pâle. Elle semblait prête à parler et se retenait. Ils étaient tous les quatre immobiles, pétrifiés par la gravité de ce qui se disait. Thomas lança dans le jeu tous ses cavaliers à la fois.

— Tu vois, le Balafré, je vais te dire ce que je pense vraiment : mon oncle aurait sans doute apprécié que tu aies la main moins sûre et que, par le plus malheureux des hasards, un de tes couteaux me frôle d'un peu trop près... Auparavant, il a essayé de me faire détester la vie de chevalier en me confiant à Baudouin. Je suis toujours là. Pour combien de temps ? Jusqu'où vont-ils aller ? Tu peux penser que je suis fou, que mon esprit de moinillon poltron invente tous ces dangers. Qu'importe ! En réalité, je suis venu te dire ceci : je voudrais un écuyer, un gars solide près de moi, et je veux que ce soit toi.

Il y eut un très long silence. Quelques gouttes de pluie tombèrent. Alix rangea le bonnet de petit diable dans sa besace, sous le pain et le fromage. Thomas se mordait l'intérieur des joues.

— Je ne sais pas manier l'épée, finit par dire le Balafré.

— Mais le couteau mieux que personne. Pour l'épée, Morvan pourra t'enseigner.

Le silence retomba, pesant, interminable.

— À une condition : que tu me donnes ton cheval.

Thomas prit sa tête entre ses mains. Ah, le rusé demandait l'impossible ! Ce cheval était en réalité celui qu'avait dressé Aubin. Lors des premiers jours au château, on le lui avait amené et il n'avait pas posé de questions. De toute façon, qu'aurait-il pris d'autre ? L'écurie était presque vide. Pour son grand voyage vers l'Orient, son père avait emmené avec lui les montures de valeur, et les bêtes de somme les plus résistantes. Le Balafré ne connaissait pas le prix d'un cheval ! Une somme énorme, plus d'une année de récolte... Non, un chevalier ne pouvait donner son cheval ! Il lui arrivait toutefois de le perdre au combat... Thomas se redressa. Il avait peut-être trouvé une solution.

— Tu pourrais le gagner en joutant contre moi.

Il y eut un petit rire qui vint troubler le silence et l'obligea à lever les yeux. Les filles se faisaient des signes de connivence qu'il ne chercha pas à interpréter. Comme si le moment était à la plaisanterie !

— Tu devras d'abord lui apprendre à monter ! fit la voix claire d'Alix.

— Moi ? s'étonna Thomas.

— Qui d'autre ? dit le Balafré, qui ajouta aussitôt : Dans deux semaines, je serai meilleur que toi.

Le ton était si prétentieux que les trois autres éclatèrent de rire. Toujours provocant et si sûr de lui, ce garçon était décidément exécrable ! Mais cela n'avait guère d'importance. À sa manière, il venait de dire oui. Le rire s'accentua en franche rigolade lorsque Thomas apprit ce que les filles avaient manigancé : Alix avait parié la robe d'Adeline que Thomas obtiendrait ce qu'il voulait. Chacun était satisfait. Thomas avait son écuyer et le Balafré aurait bientôt un cheval, Alix avait gagné une robe et Adeline gagnait doucement une amie. Car Alix ne cachait pas sa préférence pour la tiédeur de la chambre, les tourtes aux amandes et les bains chauds dans le baquet de bois devant la cheminée, plutôt que les longues marches dans la forêt et les matelas de feuilles en guise de couchage. Déjà les soirées fraîchissaient. Bientôt, elles seraient glaciales, et les deux voyageurs ne possédaient rien, pas même une de ces pelisses de mouton que l'on donnait aux gardes de Poulfenc lorsqu'ils faisaient le guet pendant l'hiver.

En réalité, le Balafré était inquiet.

— Thomas, au château, la prison m'attend. J'aurai la main coupée ou bien l'oreille. Plutôt la main pour m'empêcher de lancer le couteau. Je ne peux pas retourner chez toi. Pas tant que ton oncle, ta mère et Morvan n'auront juré publiquement que tout est effacé. Si tu veux, je ne pars pas, je reste un peu dans les environs. Mais où ?

Les réticences du Balafré étaient justifiées et Thomas ne savait que répondre. C'était à lui d'imposer sa volonté, d'être plus fort que sa mère et son oncle. Une épreuve énorme qui lui paraissait insurmontable.

— Moi, je sais, dit Adeline.

Ils la regardèrent avec incrédulité.

— Oui, je sais où tu peux aller. Pas loin d'ici, chez quelqu'un que j'ai déjà rencontré. Ta mère aussi, Thomas. Quelqu'un qui vit à l'écart du village, mais connaît chacun de nous.

Ils ne bougeaient pas, voulaient en savoir davantage. Elle tapa du pied.

— Par la Sainte Croix, faites-moi confiance ! Elle s'appelle Carla. Elle va t'accueillir, Lucas.

Elle habite de l'autre côté de la clairière de Malbrêche. J'espère que je vais retrouver l'endroit !

Ils la suivirent. Au carrefour, elle leur fit quitter le grand chemin pour un sentier sous la haute futaie. Ils marchèrent longtemps. Les arbres étaient de plus en plus denses, le sentier envahi de branches basses et de broussailles. Il fallut descendre de cheval et continuer à pied, en tenant les montures par la bride. Thomas se sentait oppressé par le manque d'espace et de lumière. Le ciel, au-dessus des feuillages entremêlés, paraissait si loin ! Ils s'arrêtèrent pour manger. Ensuite, ce fut pire encore. La forêt semblait se refermer sur eux. Presque à chaque pas, ils cherchaient la piste, à peine visible, tracée par les bêtes sauvages plus que par les humains. Dans la pénombre du sous-bois, il était difficile d'évaluer l'heure, mais le milieu du jour était passé depuis longtemps. Ils marchaient en silence, butant sur des blocs de pierre qui surgissaient du sol devant leurs pieds fatigués. Les chevaux eux-mêmes renâclaient. Adeline ne parvenait plus à dissimuler son inquiétude. Ils avaient atteint le bord d'une combe, une vallée sombre qui s'enfonçait dans un chaos de roches et de troncs moussus, et elle cherchait désespérément des repères, des marques sur les arbres.

— Je ne comprends pas, répétait-elle, nous devrions être arrivés, ou tout près d'arriver.

— La dernière fois que tu y es allée, comment as-tu fait ?

— Je n'y suis jamais allée.

Thomas faillit la gifler. Adeline était un peu folle, il avait eu tort de l'oublier, et elle avait réussi à les égarer dans cette forêt redoutable.

— J'en ai assez, gronda-t-il. Dis-moi ce qu'il faut trouver.

— Le ruisseau, la clairière avec le ruisseau. Ou bien des huttes de charbonniers et de bûcherons. Ils ont commencé à défricher pour créer des ateliers de verriers, à cause du sable et de l'eau justement.

Tout en écoutant ses explications confuses, il examinait les arbres autour de lui, scrutait les enfourchures, la solidité des branches. Au moment où il empoignait le tronc d'un hêtre, il aperçut le Balafré qui commençait à grimper un peu plus loin. Ah ça non ! Celui-là était plus fort en tout, mais pas dans les arbres ! S'il s'imaginait qu'il allait gagner, il se trompait ! Thomas se jura qu'il serait le premier en haut.

L'ascension ne présentait aucune difficulté. Le hêtre offrait, l'une après l'autre, ses branches bien disposées. Thomas grimpait vite. Comme c'était enivrant de s'élever vers la lumière ! Il pu constater à quel point il avait progressé au cours de ces mois d'entraînement. Ses muscles étaient plus durs, ses bras plus résistants. Il rattrapa le Balafré sans effort.

— Ohé ! appela-t-il, jubilant de le voir plus bas que lui.

Il continua de grimper. Autour de lui, la verdure s'éclaircissait. Bientôt, il put glisser la tête hors de la ramure. De la fumée !... Oui, une fumée s'élevait au-dessus des cimes, pas très loin vers l'ouest. Ils étaient près du but ! Il prit le temps d'observer le ciel : Il fallait faire vite, le jour ne tarderait pas à décliner.

— Un campement de charbonniers, c'est ça que tu cherches, Adeline ?

La réponse ne fut pas celle qu'il attendait. Il y eut seulement la voix d'Alix :

— Venez voir, il y a un chien. Un chien mort depuis longtemps.

— Un loup sans doute ! dit Adeline.

— Non, un chien, avec un collier de chien, et des signes gravés dessus.

Cela sonnait comme une alerte. Thomas redescendit aussi vite qu'il put. En un instant, ils furent tous les quatre réunis devant le cadavre d'un gros chien, ou ce qu'il en restait. La mâchoire ouverte, les dents intactes mais les orbites vides. Les insectes et la vermine avaient déjà rongé les chairs. Les os saillaient sous le cuir au poil dru qui recouvrait la carcasse. Un collier à pointes de métal enserrait encore le cou de l'animal.

Adeline se pencha malgré son dégoût :

— Le collier de Brutus ! chuchota-t-elle, comme si elle n'osait affirmer sa découverte à voix haute.

Thomas, les jambes molles, s'assit un peu en retrait. Il ne pouvait détourner les yeux de ce cadavre. Cette fois, il ne rêvait pas, et pourtant l'horrible mâchoire était là, à quelques pas de lui. À nouveau, il marchait au bord du gouffre. Au fond du piège, l'attendaient l'horreur et la mort.

Ce fut pire encore lorsqu'il entendit Alix annoncer :

— On dirait que Brutus s'est battu... contre quelqu'un. Il y a de l'étoffe accrochée à son collier.

Thomas réussit à articuler :

— Adeline, tu m'avais pas dit qu'il était mort à la chasse ?

Elle répondit par un petit signe de tête.

— S'il te plaît, essaie de te souvenir. Quand as-tu vu ce chien pour la dernière fois ? Quand mon oncle a-t-il annoncé sa mort ?

Le Balafré, qui examinait encore l'animal, se redressa.

— Cela fait plusieurs mois. Depuis le printemps sans doute.

Adeline, tremblante, s'accrochait à son cheval, les yeux agrandis par l'épouvante.

— Thomas, j'ai peur. Il faut que je te dise...

Thomas était prêt. Il se recroquevilla sur lui-même, les genoux plaqués contre la poitrine, et il attendit. La descente vertigineuse vers le fond de l'abîme commençait.

— ... Aubin, lorsqu'on l'a retrouvé mort, portait des traces de morsures... On a dit que c'était un loup... qui aurait dévoré le corps, après sa chute de cheval... Mais il ne fallait pas en parler...

— Alors comment le sais-tu ?

— Parce que je suis allée le voir en cachette. Je l'aimais, moi, Aubin. Lui ne m'aimait pas. Moi, oui.

Elle pleurait, la tête posée contre l'encolure du cheval. Ils se taisaient. Alix lui pressait la main.

— Il était blessé à la gorge, aux bras et à la poitrine. Son visage n'avait rien. Toujours aussi beau...

— Tu te rappelles comment il était habillé ?

— Une tunique bleue, comme là, sur le collier.

Thomas n'avait pas besoin d'en entendre davantage. Il devinait la suite. Il savait tout, ou presque tout, depuis le début, et le découvrait seulement maintenant. Le visage qui l'appelait depuis les premières nuits du printemps, au monastère, était celui de son frère. Aubin avait été tué par Brutus, que l'on avait patiemment dressé contre lui. On avait lâché le chien au bon moment... Qui on ? L'oncle ? Mon Dieu, comment était-ce possible ? Aubin avait dû descendre de cheval pour l'attraper et le fauve avait attaqué...

Aubin était mort. La bête était morte. Il fallait vivre à présent pour témoigner, pour crier vengeance, pour que justice soit faite.

Nuit après nuit, au fond de ses rêves, Aubin l'appelait pour cela. Et lui, Thomas, qui venait de tout comprendre, arrivait si tard !

Thomas pleurait, avec de gros sanglots qui le secouaient tout entier. La haine, le désespoir, l'impuissance se bousculaient en lui. Et les autres le regardaient, incapables d'apaiser cette douleur trop grande pour lui.

Enfin, Alix vint se lover contre son dos, petit corps tiède et vivant qui tentait de le réchauffer parce qu'il claquait des dents, lui que la mort guettait de si près.

Chapitre 11

— La nuit va venir. Bientôt, il sera trop tard pour continuer, dit Adeline au bout d'un long moment.

Alix se leva et Thomas sentit le froid l'envahir à nouveau. Il ne voulait pas bouger, pas encore. Il était épuisé. Depuis la fin de l'hiver, il remontait le courant vers la source du mal. La source se trouvait ici, au creux de la forêt, devant ce chien. Depuis son départ du monastère, il avait rencontré la violence, la duplicité, le vol, la mort. Frère Géraud savait-il que la vie des hommes contenait tant de tourments, lorsqu'il l'avait poussé hors des murs vers son destin de chevalier ?

Le Balafré alla détacher les chevaux. Thomas resta immobile à contempler la cime des arbres. Il n'avait plus peur. Désormais sa mission était clairement définie : abattre l'oncle Raymond. Le plus tôt possible. L'écraser de sorte qu'il ne puisse jamais se relever. Il se demandait comment capturer et punir ce coupable qui avait mis tant d'habileté à déguiser son crime, qui clamerait son innocence avec une convaincante éloquence. Au point que lui, Thomas, s'il n'était pas le plus rusé des deux, risquait de tout perdre : la confiance des autres, le château et même la vie. Un rude combat. Il était prêt à se battre, mais pas n'importe comment. Car un chevalier ne poignarde pas son adversaire dans le dos, aussi félon soit ce dernier. Il devait trouver une autre manière, plus noble, plus subtile. Un jugement devant Dieu et les hommes par exemple. Au moment voulu, Raymond de Poulfenc serait pris à son propre piège. Et alors, quel plaisir de le voir s'empêtrer dans les lacets qu'il avait lui-même tendus ! En attendant cette victoire, le chemin s'annonçait tortueux, semé d'embûches.

Il frissonna au contact du souffle humide qui montait de la combe. L'ombre tombait doucement. Il était grand temps de partir.

C'est alors qu'il l'aperçut sur la piste, à quelques pas de lui. Silhouette noire et terrifiante : la sorcière ! Celle qu'il avait entrevue au lavoir, sur le pont, celle qui l'avait frôlé le soir de la Saint-Jean... Venue sans bruit malgré les feuilles mortes, elle était là, devant lui.

— Attention ! cria-t-il.

Le cri d'alerte s'éteignit dans sa gorge. Au lieu de s'élancer vers lui, la sorcière repoussa le capuchon qui lui encadrait le visage, et l'horrible visage disparut aussitôt pour laisser place à celui d'une jeune fille comme les autres, ou presque.

— Carla ! s'exclama Adeline, qui revenait en tirant la jument par la bride.

La jeune fille s'avança.

— Thomas... dit-elle.

Elle semblait émue et cherchait ses mots.

— Je suis heureuse de rencontrer enfin le frère d'Aubin.

— Tu me connais ? balbutia-t-il en se redressant.

— Oui.

Elle le fixait de ses yeux étrangement clairs. Elle était belle. Vraiment très belle. Il jeta un coup d'œil vers le Balafré qui, bouche bée, contemplait l'apparition. Oui, d'une beauté singulière et indescriptible. Elle ne ressemblait à aucune autre. Était-ce ce long cou de biche qui lui donnait tant de grâce ? Ou bien ses cheveux blond roux qui s'échappaient du bonnet de feutre ?

— Nous cherchions comment aller chez toi. Et nous nous sommes perdus, expliqua Adeline.

— Je vous ai vus.

Vus ! Dans l'épaisse végétation qu'ils venaient de traverser ? Personne n'osa relever, pas même Adeline qui pourtant connaissait la jeune fille. Celle-ci leur fit signe de la suivre. Alix s'arrêta.

— Et le chien ?

— Il ne bougera pas d'ici demain, murmura Adeline

— Vous avez vu ? Il a été assassiné, lui aussi, dit Carla.

Le Balafré ricana. Il avait beau la trouver belle, il n'avait assurément pas l'intention de croire tout ce qu'elle affirmait.

Elle ne se laissa pas impressionner.

— Il a reçu une flèche dans la nuque ; il faut se pencher pour la voir.

Thomas échangea un signe avec le Balafré, qui retourna vers le cadavre et reconnut son erreur. La flèche était bien là, à peine visible dans les feuilles. Brutus, une fois la sale besogne accomplie, avait reçu sa récompense.

Sous le choc de la surprise, chacun voulut apporter ses déductions.

— On pourrait sûrement découvrir à quel carquois elle appartient. Au château, chacun a le sien, non ?

— Pourquoi le tireur aurait-il laissé sa marque ?

— Il ne l'a sans doute pas fait exprès ! Le chien blessé s'est traîné jusqu'à ce creux presque inaccessible où personne, ni homme ni bête, ne l'a retrouvé.

— Sauf moi, dit Carla, qui les avait écoutés sans rien manifester, comme si tout cela ne la concernait pas.

Ils la dévisagèrent avec curiosité.

— Nous parlerons plus tard.

Dans la pénombre croissante, elle les conduisit le long de la combe jusqu'à un chemin boueux qui descendait au ruisseau. De l'autre côté, elle évita le hameau des verriers et des charbonniers pour contourner un amas de gros rochers. Une hutte était adossée à la paroi de pierre, formant une sorte de caverne fermée par un mur de bois et précédée d'un auvent.

— Voici ma demeure.

Alix et le Balafré posèrent leur besace, tandis que Thomas et Adeline ouvraient des yeux effarés. Sous l'auvent brûlait un maigre feu. Seule la fumée permettait de déceler une habitation, car la cabane, cachée par la roche, était invisible du chemin. Dans les creux de terre entre les rochers, Carla entretenait de minuscules jardins.

— Il y a de l'eau pour les chevaux. Ils devront dormir dehors, dit-elle. Nous les veillerons à tour de rôle.

Il faisait bon sous le toit de bois. Carla ôta son manteau et apparut bras nus. Sur son poignet, un bracelet d'argent ciselé miroitait à chacun de ses gestes. Le Balafré, les coudes sur les genoux, le menton dans ses paumes, jouissait du spectacle. Thomas souriait béatement. On ne se lassait pas de contempler cette fille. Même plus, on ne pouvait s'empêcher de l'imaginer nue, avec l'envie de suivre à l'infini les reflets du feu sur sa peau. Une diablesse de la pire espèce, aurait dit frère Géraud. À moins que le frère infirmier, tout moine qu'il était, n'eût succombé aux charmes de la belle Carla.

De son côté, Adeline, la pauvre, pinçait les lèvres. Courageuse Adeline qui, pour les aider, avait provoqué cette rencontre avec une incomparable rivale.

Affamés, ils déballèrent les provisions. Carla servit un potage aux herbes très parfumé et de la bouillie de millet *. C'était mieux qu'ils ne l'espéraient.

Pendant qu'ils mangeaient, la nuit était descendue sur la forêt. Des milliers de craquements, de frôlements, de bruissements d'ailes brisaient le silence à chaque instant. Des chouettes se répondaient de loin en loin. C'était l'heure où les bêtes nocturnes prennent possession du monde déserté par la lumière. Plusieurs fois, Carla dut se lever pour aller rassurer les chevaux.

Celui de Thomas hennissait doucement et se laissait cajoler. Il lui montrait qu'il la reconnaissait. Il l'avait donc déjà rencontrée. Plusieurs fois, sans doute. Et Thomas l'ignorait ! Que de mystères entouraient cette sorcière aux yeux d'eau claire !

Adeline s'était endormie sur l'une des paillasses disposées à l'intérieur. Le Balafré, ordinairement peu bavard, osa poser quelques questions. Thomas s'approcha pour écouter de toutes ses oreilles les réponses de l'étrange fille.

* Céréale très courante au Moyen Âge, jusqu'au XIIIe siècle.

— Je soigne les gens. Ils tolèrent ma présence parce qu'ils ont besoin de moi. J'aide les bébés à naître. Je connais des plantes pour les femmes qui veulent des enfants et d'autres plantes pour celles qui n'en veulent pas. Je vais porter chez elles en cachette mes onguents et mes potions. Hormis quelques rares personnes, les habitants du village ne savent pas où je loge. Ceux du château non plus. Ils m'envoient chercher ; ils font passer le message par les charbonniers ou les bûcherons. Eux seuls connaissent cette hutte et ne le diront jamais. Nous avons passé un pacte. Ils ont leurs secrets, que moi non plus je ne trahirai pas.

Elle baissa la voix.

— Mais je ne peux plus vivre ici. La forêt de Malbrêche m'est devenue odieuse. Je vais m'en aller puisque je t'ai enfin rencontré, Thomas, et que tu as trouvé tout seul ce que je voulais te faire découvrir.

— Le chien ?

Elle fit signe que oui.

— Depuis que tu es arrivé à Poulfenc, j'essaie de te rencontrer. Au lavoir, tu étais seul, mais tu as eu peur. Tu étais timide, fragile. Un oisillon à peine sorti du nid ! Sur le pont, ils te faisaient cavaler et tu ne tenais pas sur ta selle. J'ai eu tort de m'avancer car j'ai effrayé ton cheval et tu as failli tomber. Ensuite, je ne me suis plus montrée.

Il protesta.

— À la Saint-Jean, pourtant...

— C'est vrai. J'avais promis à ta mère un remède qui allège la tristesse.

— Tu soignes ma mère ! Et Adeline aussi ?

Elle répondit d'un battement de cils, tout en soufflant sur le bol de tisane qu'elle tenait entre ses mains.

Elle ne voulut pas en dire davantage. Il n'insista pas. Des remèdes pour être plus belle et boiter moins, des potions pour être aimée ou pour aimer moins les garçons... Adeline avait bien le droit d'avoir ses secrets.

— Le soir de la Saint-Jean, à te voir malmené ainsi par Baudouin, j'ai eu la certitude que Raymond de Poulfenc cherchait à te briser, que ton tour viendrait après ton frère.

Les voix se turent. Le silence ressemblait à un arc tendu. Ils étaient parvenus au cœur du drame et personne n'osait poursuivre. Thomas hésitait. Disait-elle vrai ? En quoi était-elle concernée par l'avenir des Poulfenc ?

Il demanda brusquement :

— Que sais-tu exactement ?

Alix ajouta du bois sur le feu et vint se glisser entre eux. Carla reprit :

— Lorsque Aubin est mort, répondit Carla, il courait me voir.

Thomas ne put réprimer un petit sursaut.

Carla parlait d'une voix rauque, à peine perceptible.

— Oui, Thomas, écoute ce que tu ne sais pas encore : Aubin m'aimait et je l'aimais aussi. Jamais il n'aurait pu m'épouser. Pas une fille comme moi, sortie de rien, venue de nulle part ! Mais nous nous moquions bien de cela. Il venait ici le plus souvent possible. Ton oncle l'a appris, je ne sais comment. Lentement, méticuleusement, il a préparé sa mort dans la forêt. Il a organisé ce jour-là une chasse au sanglier et il a emmené Brutus. Il prévoyait bien qu'Aubin trouverait un prétexte pour fuir. Aubin n'aimait que la chasse au vol. Il était amoureux des faucons. « Les chiens et les sangliers, c'est juste bon pour les palefreniers », disait-il. Je l'ai attendu longtemps. Et puis je l'ai cherché. Trop tard. Il était mort. Je suis restée à côté de lui jusqu'au matin, lorsque j'ai entendu arriver les gens du château.

— Tu les as laissés l'emporter ! s'exclama Alix d'un ton de reproche.

Carla répondit en s'adressant à Thomas :

— Il s'appelait Aubin de Poulfenc, fils de Messire Robert et Dame Isabelle de Poulfenc. Je voulais qu'il soit rendu à ta mère, qu'elle puisse l'enterrer dans votre chapelle et le veiller, que son nom reste gravé sur la pierre de vos murs. Moi, ce que je garde de lui me suffit jusqu'à ma mort.

Tandis qu'elle plongeait une poignée de verveine dans le pot d'eau chaude sur le feu, Thomas sortit s'occuper des chevaux. Le ciel était paisible. Çà et là au-dessus des arbres pointait le scintillement des étoiles.

Carla et Alix le rejoignirent. Tout en flattant les croupes et les encolures, Carla se remit à parler de celui qu'elle aimait.

— Il voulait vivre entouré d'oiseaux. Des faucons, des pinsons, des rossignols... Il n'avait pas de goût pour la guerre. Il avait appris à se battre, bien sûr, mais préférait tenir la plume que l'épée. Il écrivait des poèmes, certains pour moi, qu'il venait me chanter ici. Je les connais par cœur et je les redis tout bas quand son absence est trop lourde.

Thomas s'était figé, le cœur serré par un affreux pressentiment. Des poèmes d'amour, beaux comme elle était belle, il en connaissait... Mais il ne pouvait croire que... Non... Pas cela !

— S'il te plaît, pourrais-tu m'en chanter un ? demanda-t-il, la gorge nouée.

Elle sourit, enserra de ses bras le cou du cheval et se mit à fredonner :

À la Renarde rousse,
Mon amie, ma jolie,
Pas un seul jour je ne puis...

Dès les premiers mots, Thomas sut qu'il ne s'était pas trompé, et le sursaut d'horreur qui le secoua arrêta le chant de Clara.

Il revoyait l'oncle Raymond, dans l'auberge, boire chopine sur chopine pour avoir la force de dire ce texte merveilleux qu'il n'avait pas écrit, un texte volé à celui qu'il avait tué. Il avait non seulement pris la vie d'Aubin mais aussi son âme. Thomas comprenait à présent le malaise ressenti en l'écoutant. Il oscillait entre le dégoût pour cet homme ignoble et l'immense soulagement d'apprendre que ces mots si beaux n'étaient pas de lui. Dieu merci, ils appartenaient à Aubin ! Pour toujours. Il faudrait bientôt, demain, le crier au monde et redonner à son frère sa vraie place de poète. Il le jurait devant les saints, les anges et les étoiles, devant la création divine tout entière.

— Comment écrase-t-on le mal ? murmura-t-il en tombant à genoux. Oh, saint Michel, saint Georges, aidez-moi à réduire en bouillie le serpent immonde ! À déchirer en mille morceaux la gueule puante du dragon !

Toutes les deux ensemble, Alix et Carla le prirent dans leurs bras pour le ramener auprès du feu réconfortant.

Ils passèrent la nuit à parler, à se serrer les uns contre les autres, à se tenir le cœur au chaud. Puis, quand les premières lueurs grises percèrent à travers les arbres :

— C'est l'heure. Nous rentrons au château, soupira Thomas.

— Je rentre avec toi, dit simplement le Balafré.

Au moment où ils quittaient les pistes sombres pour déboucher sur le grand chemin, ils tombèrent sur Morvan et Raoul qui arrivaient au grand galop.

Le premier réflexe de Morvan fut de leur adresser de cinglants reproches. Thomas le laissa cracher sa fureur puis lui annonça en aparté l'effroyable découverte.

— Va constater par toi-même ! conclut-il en lisant l'incrédulité horrifiée sur la face rude du sergent. Si tu veux, j'y retourne avec toi.

Il fut décidé que les deux filles rejoindraient le château en compagnie de Raoul et pourraient ainsi rassurer Isabelle de Poulfenc. Montée derrière Adeline sur la jument grise, Alix grelottait de fatigue et ne demandait qu'à regagner la chambre tiède du logis.

— Adeline, promets-moi de la garder en permanence avec toi, demanda Thomas. Tu sais maintenant quel danger nous courons tous, n'est-ce pas ?

— Je veillerai devant la porte de la chambre jusqu'à votre retour, promit Raoul. Comme cette nuit devant la tienne.

Puis il donna le signal du départ.

Les autres n'attendirent pas longtemps pour tourner bride. Morvan avait un bon cheval ; le Balafré monta derrière Thomas.

— Première leçon d'équitation, fit celui-ci en démarrant au pas.

À la fin de la matinée, ils parvinrent à la combe, où Morvan reconnut formellement le corps de Brutus. Le sergent voulut arracher la flèche pour l'examiner de près mais ne put l'extraire de l'os où elle était fichée. Il dut emporter avec la pointe de métal un morceau de vertèbre et le poil qui y adhérait.

— Je montrerai tout cela à ton père, répétait-il d'une voix cassée par l'émotion. Sinon, comment croira-t-il à tant de félonie ?

Il détacha également le collier, qu'il enveloppa avec soin. De grosses larmes tombèrent sans bruit sur ses doigts lorsque ceux-ci effleurèrent les fragments de la tunique bleue.

Les mâchoires serrées, Thomas observait tous ses gestes. Il le laissait faire. Cet homme de guerre, fidèle serviteur de son père, représentait leur principal allié dans le monde des adultes.

Morvan voulut ensuite échanger quelques mots avec Carla, qu'il continuait d'appeler la sorcière, malgré les objections des deux garçons. Se fiant à des traces presque invisibles, le Balafré les guida jusqu'à la petite maison cachée dans les rochers. La jeune fille, le sourcil froncé en apercevant Morvan, les accueillit néanmoins sous l'auvent de bois.

Ils eurent à discuter de la conduite à tenir.

Morvan n'imaginait pas encore à quel point Thomas était en danger. Carla dut insister avec ses mots à elle, qui sonnaient juste et faisaient peur.

— Morvan, écoutez-moi, je vous en prie : Raymond de Poulfenc commence par proposer à son frère une expédition en Terre sainte.

Une fois le voyage organisé, il simule un accident et reste au château tandis que Robert de Poulfenc part, désolé de quitter son frère blessé, mais confiant en son maître d'armes, qui pourtant a sans doute pour mission de le faire disparaître. C'est si loin, la Terre sainte, et les dangers là-bas sont immenses, les maladies inconnues... Devenu le maître du château ou presque, il assassine l'héritier, le plus beau chevalier qui fût au monde, et courtise élégamment Dame Isabelle en lui offrant des poèmes dont l'auteur est son fils. Dame Isabelle, conseillée par une guérisseuse que certains préfèrent nommer « la sorcière », se souvient alors qu'elle a un second fils, consacré à Dieu. Oui, cela s'est passé ainsi, insista-t-elle en voyant Thomas s'offusquer.

De la même voix monocorde et détachée, elle poursuivit :

— Raymond propose d'aller chercher son neveu, et ne te tue pas en route, Thomas, parce que cela aurait pu cette fois éveiller de graves soupçons. Au contraire, il se montre cordial, comme il l'était avec Aubin, et croit alors que tout est gagné. Mais toi, Thomas, petit enfant fragile élevé dans la paix du monastère, tu résistes ! Tu bouscules les choses à ta manière. Parce que tu viens d'ailleurs, tu perçois ce qui n'a choqué personne. Tu t'allies avec un garçon redoutable qui se moque bien des lois de la chevalerie. Tu obliges ton oncle à se contenir, à se cacher. En même temps, tu aiguises son impatience et son appétit de sang... À présent, il va agir vite. Et vous, Morvan, que faites-vous ? Vous le laissez faire ? En organisant des concours de crachats ?

Elle était impitoyable et au courant de tout. Morvan, penaud, se taisait. Thomas réfléchissait à voix haute :

— Il nous faut l'aide d'un puissant, d'un homme respectable, qui imposera son autorité. Je n'en connais qu'un, c'est frère Géraud.

Le Balafré approuva immédiatement.

La discussion reprit. Comment le prévenir ? Thomas se proposa d'écrire une lettre marquée du sceau des Poulfenc, pour l'authentifier. Mais qui se chargerait de la lui porter sans alerter l'oncle Raymond ?

— Pas toi, Morvan ; toi non plus, le Balafré. J'ai besoin de vous.

— Ni Alix ni Adeline, ajouta Morvan.

— Alors, ce sera moi, dit Carla.

Thomas ne put s'empêcher de sourire. Il imaginait déjà la diablesse aux mille charmes demandant audience au saint homme.

— Oui, je porterai ta lettre, insista Carla. Je le rencontrerai ; je lui expliquerai tout. Il me faudra un cheval et un peu d'argent.

Thomas hocha la tête.

— Tu ne peux partir seule ! gronda le Balafré.

— Il a raison ! intervint Morvan. Je vais te confier à Raoul. Il est fidèle et courageux. Thomas, ta mère fera savoir qu'elle l'a envoyé en mission... Tu devras lui apprendre certaines choses...

— Oh, Thomas, implora Clara, ne lui dis pas tout ! Pas maintenant. Juste le nécessaire pour qu'elle puisse t'aider. Évite-lui de souffrir davantage.

Surpris, Thomas l'observa attentivement. Elle avait déjà un regard absent, comme si elle voyait ailleurs, au loin.

Chapitre 12

Attendre. Laisser passer le temps nécessaire pour aller jusqu'au monastère Saint-Jean et revenir. Se dire que la route est longue de Poulfenc à la Loire et au-delà. Soir et matin, scruter depuis le chemin de ronde et compter les jours en observant les changements du paysage. Le vert de la forêt s'éteignait doucement pour céder la place au jaune ; le bruissement sec des feuilles sonnait la fin de l'été. La vie s'endormait et Thomas tentait de calmer son impatience en retenant la date de la Saint-Michel comme ultime échéance. Ensuite, comment agir si les voyageurs ne se manifestaient pas ? Attendre. Ne pas désespérer, feindre la tranquillité et l'indifférence...

Heureusement, des petites surprises allégeaient parfois le cours des journées. Le matin même, alors qu'Isabelle de Poulfenc se rendait à la chapelle avec ses « deux demoiselles », comme elle se plaisait à dire, on vit tout à coup se former un attroupement sur le passage du petit cortège. Car Adeline et Alix avaient revêtu leurs plus beaux atours. Devant la cuisine, les sifflements d'admiration des valets attirèrent le reste de la maisonnée. Dame Isabelle elle-même avait passé sur ses hanches une ceinture ornée de cabochons, et un tressoir brodé serrait ses cheveux par-dessus le voile.

— Que nous vaut cet honneur ? s'exclama Morvan sitôt qu'il fut en bas.

— Aujourd'hui, jour de la Saint-Matthieu, déclara-t-elle, nous fêtons la treizième année de Thomas.

— Et nous avons décidé de nous habiller pour la circonstance ! l'interrompit Adeline.

La Dame de Poulfenc reprit sans se fâcher :

— Mon fils, l'an prochain à ce jour, tu auras l'âge de diriger le château sans tuteur. Aujourd'hui est un jour heureux puisque tu es ici avec nous. Ces demoiselles le fêtent à leur manière... Mais si tu savais comme elles se sont disputées hier soir, à cause de la robe d'Adeline qu'Alix prétendait avoir gagnée lors d'un pari ! Adeline démentait, la petite tenait bon ! Nous avons failli t'appeler pour arbitrer.

En réalité, quelque chose avait changé depuis le retour de la forêt. Alix, installée dans la chambre des dames, rayonnait de bien-être et en faisait profiter son entourage. Elle inventait des chansons pour les longues heures de broderie et de couture, apprenait à jouer aux échecs et distribuait autour d'elle des gâteaux au miel décorés de framboises. Adeline avait grand plaisir à la guider et Dame Isabelle s'ennuyait beaucoup moins. Jour après jour, Alix perdait son allure de petite pauvresse. Ce matin-là, la robe d'Adeline qu'elle avait réajustée à sa taille faisait d'elle une avenante demoiselle de château. Et, derrière la parure, palpitait encore toute sa vivacité, sa liberté d'oiseau sauvage.

Une fois le cortège aux jolis atours disparu, Morvan attendit l'arrivée du Balafré avant de quitter Thomas. Il respectait scrupuleusement la règle qu'ils avaient fixée ensemble sous l'auvent de Clara : quelle que soit l'heure du jour ou de la nuit, ne jamais laisser seul l'héritier des Poulfenc.

C'était entre eux deux que Thomas était rentré de la forêt. Une arrivée qu'ils voulaient solennelle, les chevaux marchant au pas, Raoul, venu à leur rencontre, tenant par la bride la monture du jeune maître. Les filles, qui guettaient depuis la tour, avaient prévenu Dame Isabelle. Les deux fines mouches n'avaient pas perdu leur temps car la châtelaine n'émit aucune objection en découvrant le Balafré derrière Thomas. Rassurée de voir son fils de retour, elle lui tapota le genou puis flatta l'encolure du cheval et s'écarta.

L'oncle Raymond, lui, trouva à redire, comme chacun s'y attendait.

— Il me semblait que les deux jongleurs devaient quitter la seigneurie de Poulfenc dans la journée d'hier. Maudit soit le banni qui n'est pas parti, tu sais cela ? grinça-t-il au Balafré. Thomas sentit son ami se raidir. Mais il avait préparé la parade.

— Mon oncle, Lucas et Alix sont ici à ma demande et sous ma responsabilité. Sachez que j'ai passé la journée d'hier dans la forêt de Malbrêche où je les ai trouvés sur le raccourci vers la grand-route. La visite de ces lieux sinistres m'a été pénible, vous vous en doutez. Je devais y aller pourtant et vous auriez dû m'y conduire plus tôt. J'ai pris là-bas une décision que je vous soumets, à ma mère et à vous : je souhaiterais que nous cédions cette part de notre domaine au monastère Saint-Jean. Je sais que les moines cherchent un lieu sauvage afin d'y établir un nouveau prieuré. Et vous vouliez vendre cette parcelle, n'est-ce pas ?

L'oncle était pour le moins surpris. Thomas ne lui laissa pas le temps de réagir.

— Étant donné le drame qui s'est passé là, un établissement consacré à Dieu, une chapelle dédiée au repos de mon frère serait un apaisement pour nous tous. Je propose donc d'envoyer un de nos hommes porter une lettre au père abbé. Le plus tôt possible, avant que les pluies d'automne n'embourbent les chemins. En cas de réponse favorable, et si ma mère le permet, je me rendrai moi-même à l'abbaye négocier cette affaire qui me tient à cœur. Je partirai avec Lucas, qui renforcera mon escorte et assurera ainsi une meilleure protection à sa sœur. Mon oncle, vous vous souvenez certainement que les deux jongleurs sont arrivés chez nous sur la recommandation de frère Géraud. Nous devons donc prendre soin d'eux malgré l'incident qui a eu lieu ces jours derniers.

Thomas mentait le moins possible. Le reste était fort bien dit et Adeline le regardait avec admiration. Immobile sur son cheval, les mains crispées sur les rênes, il remerciait intérieurement son maître d'école pour les leçons passées à affiner un discours, à devancer les arguments de l'autre. Il bénissait aussi Clara pour ses habiles suggestions. Il aurait volontiers parié que Baudouin, caché quelque part, écoutait. Et alors ? Puisque l'oncle semblait tout gober, ce petit pourceau de Baudouin n'avait aucune chance de déceler l'entourloupe.

Il ajouta nonchalamment :

— Par ailleurs, un groupe de voyageurs venant d'Angleterre et se dirigeant vers Nantes se sont égarés à la nuit tombante. Nous leur avons porté secours et nous nous sommes réfugiés au village des charbonniers. Voilà pourquoi nous n'avons pu rentrer hier au soir. Parmi ces voyageurs, il y avait des poètes, des trouvères familiers de la reine Aliénor. Vous pensez bien que j'ai évoqué votre talent ! Ils se chargent de parler de vous à la cour de Poitiers.

D'un œil froid, il vit l'oncle s'amadouer sous la flatterie et il poursuivit, lançant des bribes l'une après l'autre, comme on jette sa pitance à un chien. Il frappait avec adresse, mais il n'était pas très fier de lui, redoutable chevalier qui portait la haine pour armure, usant des ruses de l'adversaire pour le terrasser.

— Finement joué, Thomas ! lui chuchota Adeline lorsqu'il mit pied à terre. Tant que ton oncle sera occupé à se faire valoir, tu n'auras pas grand-chose à craindre.

Thomas ne parvenait pas à desserrer les poings. Il venait de déclarer la guerre, encore fallait-il pouvoir offrir le commandement à frère Géraud. Ce qu'il fit le lendemain, dans la chambre des dames, en utilisant les feuilles de parchemin que sa mère gardait serrées dans son écritoire. Pendant qu'il rédigeait, Alix et Adeline retenaient ailleurs l'attention de Dame Isabelle, afin que celle-ci n'ait pas l'idée de venir se pencher sur l'épaule de son fils.

Après avoir relaté la découverte du crime et le danger qu'il courait, Thomas exprimait sa confiance en Clara et exposait le stratagème qu'ils avaient inventé pour confondre Raymond de Poulfenc... Il écrivit longtemps, concentré et fébrile, changeant parfois un mot, qu'il grattait au couteau afin d'effacer l'encre noire dans l'épaisseur du parchemin. Il s'appliquait à choisir les termes les plus convaincants. Cette lettre contenait tout son espoir, tout son avenir, s'il en avait encore un...

— Seigneur Dieu, faites en sorte que frère Géraud réponde à ma demande. Et vous, frère Géraud, par pitié, dépêchez-vous !

Raoul partit le lendemain à l'aube. Il emmenait un cheval destiné à Carla, et cachait dans ses vêtements une bourse pleine qui permettrait aux deux messagers de voyager confortablement.

Les jours s'étiraient. La forêt jaunissait.

Morvan décida d'occuper les garçons en intensifiant l'entraînement militaire. Mais la présence du Balafré le gênait. Il hésitait à lui remettre une épée. Dans les châteaux alentour, qu'allait-on penser de ce maître d'armes qui enseignait à un fils de rien l'arme noble des chevaliers ? Thomas haussait les épaules devant ces réticences. Il se souvenait des récits de guerre qu'on lui racontait petit : l'histoire de cet ancêtre sachant juste monter à cheval et tenir une arme, qui s'était battu aux côtés du duc Guillaume pour la conquête de l'Angleterre et avait obtenu une belle seigneurie en récompense. Le Balafré, lui aussi, aurait peut-être cette chance. Et ce jour-là, savoir manier l'épée ne gâcherait rien.

Cependant, il ne s'agissait pas de contrarier Morvan. Les leçons avaient donc lieu très tôt le matin. Thomas gardait un peu d'avance : il connaissait les gestes, savait tenir l'épée à deux mains, pointer et trancher. Mais il était plus agile que solide, manquait encore de force dans les épaules et s'essoufflait à suivre le rythme imposé par le sergent.

En revanche, Morvan se rendit bientôt compte que son élève était excellent cavalier et le laissa donner seul les leçons d'équitation.

— Jamais de gestes brusques, expliquait Thomas au Balafré. Une bonne assiette*, sans lourdeur, en utilisant les jambes et les genoux.

— J'ai compris ! répliquait l'autre. Pas le cul posé sur un banc !

— Ne le force pas, je te dis ! Tu ne domptes pas un dragon, que diable !

— Mais enfin, c'est un cheval ! Pas une fille !

Ils éclataient de rire. Adeline et Alix venaient les rejoindre. Adeline jouait son aguicheuse et osait toutes sortes de blagues. Alix souriait, ne rougissait pas, s'éloignait parfois.

* Bonne manière de se tenir assis, à cheval (le mot vient du verbe *asseoir*).

Les garçons traînaient ensuite à l'écurie, dans l'odeur chaude du crottin et du foin mêlés.

C'est là que Raymond de Poulfenc vint les trouver un soir, accompagné de Baudouin qui « rentrait de voyage », dit l'oncle en posant son bras sur l'épaule du petit pourceau.

— Thomas, il est grand temps que vous fassiez la paix, sermonna-t-il.

Et il ouvrit les bras, cherchant à les réunir tous les deux. Thomas salua froidement, tout en reculant d'un pas. Au même instant, il reçut une grosse fourchée de paille sur les épaules, et l'on entendit le Balafré annoncer depuis le grenier au-dessus :

— Regardez donc, il y a un cavalier devant la grande porte. On dirait Raoul. Oui, c'est Raoul, je le reconnais !

Tandis que Baudouin sortait dans la cour, Thomas, malgré son cœur qui cognait dans sa poitrine, se donna le temps d'épousseter sa tunique.

« Merci, frère Géraud ! » songea-t-il.

Sans conduire son cheval à l'écurie ni demander à voir Thomas, Raoul monta tout droit chez Madame Isabelle.

Il fallait attendre encore, ne pas se précipiter dans la chambre des Dames.

Thomas calmait son impatience en faisant les cent pas sur le chemin de ronde.

Enfin, il entendit Adeline appeler depuis la tour :

— Messire Raymond de Poulfenc, une missive est arrivée pour vous !

Thomas, les jambes molles, vit son oncle traverser la cour. Voilà qui n'était pas prévu ! Qu'est-ce que frère Géraud avait donc manigancé ?

Il fut rejoint par le Balafré, qui marmonna :

— Raoul est tout seul. Et Carla ?

— Tu ne t'imaginais tout de même pas qu'elle allait faire une entrée triomphale au château ! Elle a dû regagner sa maison de la forêt, voilà tout.

— Ça m'étonnerait.

L'oncle Raymond avait un air extrêmement satisfait lorsqu'il gagna la table du souper, et il prit aussitôt la parole :

— Mes amis, le ciel s'éclaire. La maison des Poulfenc va briller d'une nouvelle étoile. Je serai bientôt reçu à la cour de Poitiers où je pourrai faire valoir mes qualités...

Thomas écoutait résonner chaque mot, regardait l'oncle avec intensité, observant comment celui-ci façonnait son personnage. Il aurait tant voulu lui jeter sa coupe de vin au visage et injurier devant tous l'immonde pantin. Non non, il resterait calme et fort jusqu'au bout. Sous sa chemise, là, contre sa peau, il cachait une autre lettre de frère Géraud qu'il n'avait pas encore ouverte. Encore un peu d'attente avant de tout découvrir.

— Nous devons cette prometteuse invitation, continuait l'oncle, à frère Géraud, devenu depuis peu abbé du monastère Saint-Jean.

Cette fois, Thomas ne cacha pas sa surprise.

— Comment cela, mon oncle ?

— Oui, mon cher neveu, je suis ravi de t'apprendre la nouvelle. Le père abbé ayant rendu son âme à Dieu au mois de juin, frère Géraud a été élu abbé par l'ensemble du chapitre. Il ira très bientôt présenter ses hommages à la reine Aliénor, qui est l'une des bienfaitrices du monastère, tu le sais.

Thomas jubilait. La nouvelle, en effet, était excellente : promu abbé, frère Géraud n'en aurait que plus d'autorité et d'influence. Ah ! Qu'il lui tardait de lire la lettre !

L'oncle se rassit et se fit servir du vin. Comme à l'accoutumée, il but fébrilement plusieurs coupes, cherchant l'ivresse qui l'aidait à endosser l'habit du glorieux trouvère, à oublier qu'il volait à sa victime la récompense et l'admiration qu'il ne pouvait obtenir par lui-même.

De l'autre côté de la table, Adeline et Alix jouaient avec la salière et lançaient des boulettes de pain, faisaient toutes sortes de sottises pour obliger Thomas à se détendre.

À la fin du repas, Morvan se présenta pour rappeler la leçon du lendemain. C'était le signal. Isabelle de Poulfenc continua de s'entretenir avec son beau-frère. Comme Baudouin s'apprêtait à quitter la table, Adeline se dévoua pour lui faire la conversation.

Au passage, Thomas lui pressa l'épaule en guise de remerciement. Décidément, Adeline était une alliée précieuse.

Afin que la lecture de la lettre fût absolument secrète, Morvan avait réservé une partie du chemin de ronde, gardée par lui d'un côté et par Raoul de l'autre.

Là-haut, loin de tout regard et de toute oreille indiscrète, Thomas décacheta la précieuse missive. Il faisait déjà sombre ; il s'approcha de la lanterne posée contre le parapet.

— *Thomas, mon cher fils*, commença-t-il, *ta lettre m'a apporté à la fois beaucoup de joie et de tristesse. Dans ma longue vie, j'ai déjà appris, hélas, que les fourberies du diable étaient sans limites. Toutes nos prières ne seront pas de trop pour apaiser la colère de Dieu, et je suis tout prêt à envisager un nouveau lieu de recueillement dans cette forêt où le mal s'est déchaîné. Thomas, tu n'as nul besoin de me rappeler mon devoir, qui est de t'aider aujourd'hui à terrasser l'esprit malfaisant incrusté dans ta famille.*

Tes propositions sont pleines d'intelligence, et je remercie Dieu que ces années passées chez nous aient si vivement développé ton esprit. Sois sans scrupule à user des mêmes armes que l'ennemi, si ce sont les meilleures pour l'abattre. Je ne crois pas que Dieu ait jamais interdit à saint Georges d'utiliser le feu contre celui du dragon.

Je te propose donc, à toi et à ceux qui constituent ta garde, de me rejoindre à la cour de la reine Aliénor, qui se tiendra cet automne à Angers. J'ai pris l'initiative d'inviter personnellement ton oncle, qui ne pourra refuser un tel honneur. Une fois sur place, avec le concours de la reine et sous son autorité, nous nous en remettrons à Dieu, qui nous guidera pour condamner le coupable et soulager l'innocent. Je vous laisse le soin d'apporter tout ce qui pourra contribuer à cette accusation.

Suivaient des conseils pratiques, pleins de bon sens, qui ressemblaient si fort à frère Géraud que Thomas en eut les larmes aux yeux. Il serra la lettre contre sa poitrine et sourit à ses amis groupés en silence auprès de la lampe.

— Et Clara ? demanda le Balafré.

Le sourire de Thomas s'accentua. Le Balafré ne cachait pas l'intérêt qu'il portait à la belle sorcière. Mais la réponse risquait de le décevoir :

— Elle est fatiguée par ce voyage à marche forcée et va séjourner quelque temps au village près du monastère... Attends, dit-il en se penchant à nouveau sur la lettre. Frère Géraud nous écrit quelques mots de sa part : « *Clara vous fait savoir qu'elle doit accomplir un autre voyage et qu'elle reviendra vers vous lorsque son fardeau sera moins lourd.* »

Il leva les yeux d'un air interrogateur et surprit un vague sourire sur le visage du Balafré. Alix aussi avait un petit air complice. Ces deux-là semblaient avoir compris quelque chose qui lui échappait.

Tandis qu'il refermait la lettre, Alix dit très sérieusement :

— Il faudra bien que quelqu'un trouve les poèmes.

Ils la regardèrent avec étonnement.

— Les poèmes écrits par ton frère, de sa main, de sa plume ! Ton oncle les cache quelque part. Il faut les lui prendre sans qu'il s'en aperçoive. Sinon, comment le faire avouer ? C'est bien ce que nous demande frère Géraud, non ?

Les autres approuvèrent. Ils n'avaient pensé qu'au collier et à la flèche gardés précieusement par Morvan.

L'affaire était périlleuse.

— Ce sera moi qui le ferai, dit Alix. Je saurai. J'ai su attendre pendant des heures que le lapin se prenne au collet, que la poule faisane ait pondu son œuf...

— Et s'il te découvre ? demanda Thomas, anxieux.

Elle haussa les épaules.

— À vous deux, plus Adeline et Morvan, vous pouvez bien l'occuper une demi-journée !

— Oui, mais il y a Baudouin.

— Je m'en charge, ricana le Balafré.

Chapitre 13

Le départ fut fixé à la mi-octobre.

Isabelle de Poulfenc ayant décidé d'être du voyage, elle qui n'avait pas quitté le château depuis plus d'un an, les préparatifs prirent de l'ampleur. Ils occupèrent bientôt la maisonnée tout entière : tailler des costumes, préparer les coffres, prévoir des cadeaux, quelques victuailles pour la route... Dans la chambre des dames régnait la plus grande fébrilité.

— Un seul chariot, par pitié ! Les routes sont boueuses en cette saison ! insistait Raymond de Poulfenc.

Malgré ces recommandations, répétées par Morvan, Dame Isabelle voyait grand. Elle emmenait, bien sûr, Adeline et Alix. Venant d'elle, la décision ne choquait personne, et Thomas se félicitait de la tournure que prenaient les choses. L'organisation de ce voyage constituait une sorte de trêve. Il était évident que l'oncle, enchanté par la perspective d'être reçu à Angers, ne tenterait rien de compromettant. L'effroyable tension qui durait depuis des semaines se relâchait. Les monstres de la nuit, enfin démasqués, avaient disparu. Thomas savait que Brutus n'envahirait plus ses rêves, et ne craignait pas non plus Baudouin, qui ne faisait guère l'arrogant. Les nuits étaient paisibles. Le Balafré dormait juste à côté, le couteau glissé sous l'oreiller de crin.

Jour après jour, Thomas s'étonnait de réussir à côtoyer le meurtrier de son frère. Il pressentait cependant que celui-ci mordrait à nouveau dès qu'il se sentirait menacé. La vigilance restait donc la première des précautions et il avait suggéré à sa mère d'emmener une solide escorte commandée par Morvan. Mais dans ce cas, qui garderait le château ? Raoul, peu disposé à reprendre la route, se sentait capable d'en assumer la charge pendant l'absence des maîtres. Devenir chef de garnison, le temps de quelques semaines, n'était pas pour lui déplaire.

Au milieu du remue-ménage, entre les coffres ouverts et les vêtements soigneusement pliés, Alix se faufilait avec discrétion et demeurait introuvable lorsqu'on avait besoin d'elle. Adeline ne cessait d'inventer des mensonges fantaisistes pour protéger sa jeune amie. Puis elle arrêta de mentir car la vérité se fit jour, et ce fut Thomas qui découvrit le secret : un matin, après la leçon quotidienne avec Morvan, il regagnait lentement la haute cour, marchant derrière le Balafré qui se hâtait vers la cuisine. À la porte du jardin, toujours désert à cette heure matinale, il tomba sur une apparition extraordinaire.

Alix était là, debout sur le gazon parsemé de feuilles mortes, tenant sur son poing menu un grand faucon blanc et gris. Elle marchait à petits pas et parlait à voix basse. L'oiseau tournait la tête, semblait l'écouter. Lentement, elle ôta le chaperon de cuir qui lui cachait les yeux. Le rapace, découvrant la lumière et le ciel au-dessus de lui, battit des ailes, cherchant à s'envoler. Elle rit doucement, le retint de sa main tendue. Chevelure noire et plumage d'acier, oiseau des bois et oiseau de proie. Le spectacle dans la lumière du matin ressemblait à une danse. Fasciné, Thomas s'avança. Ses pas sur l'herbe humide ne faisaient aucun bruit. Alix continuait de jouer avec le faucon, déroulant peu à peu le lacet noué à sa patte. Elle tendit le bras pour l'éloigner d'elle. Thomas en eut la gorge serrée tant elle lui parut tout à coup incroyablement belle et captivante.

Elle se retourna et sourit en le voyant s'approcher.

— Regarde comme il frémit à l'air libre. Cela fait des mois qu'il n'est pas sorti ! On pourrait le laisser s'envoler...

Au lieu de répondre, Grand Dieu, que fit-il ?

Il se jeta sur elle, la serra contre lui, plongea le nez dans son cou et ses cheveux, lui couvrit le visage de baisers. Elle se détournait et ne voulait pas. Le faucon, retenu par le lacet, battait furieusement des ailes.

Il finit par la lâcher. Il n'osait plus la regarder. Il avait eu le temps de sentir ses deux petits seins. Alix était bien une fille. Il le savait déjà, mais cette révélation le bouleversait. Il l'avait embrassée. Il était ému du fond du cœur jusqu'au ventre, et il ne comprenait pas pourquoi. En même temps, il s'en voulait, presque à en pleurer, parce que ce baiser forcé avait terni l'image du bel oiseau libre, froissé la marguerite, écorné le petit diable.

Quel imbécile il était ! Impardonnable, aussi rustaud que le plus vulgaire palefrenier.

Alix avait repris l'oiseau sur son poignet et se mit à parler comme s'il ne s'était rien passé.

En levant les yeux, il comprit pourquoi : le Balafré, ne le voyant pas derrière lui, revenait sur ses pas.

— Mais qu'est-ce que tu fais avec cet oiseau ? demanda-t-il, ahuri.

Tout en caressant délicatement le blanc moucheté de la gorge puis le dos gris ardoise, Alix se lança dans un long discours qu'elle interrompit plusieurs fois pour offrir des petits morceaux de viande au bec avide tendu vers elle.

C'était en cherchant comment s'introduire dans la chambre de l'oncle Raymond qu'elle avait découvert les oiseaux d'Aubin. Non pas que la fauconnerie fût située à proximité de la tour où logeait l'oncle. Non, les faucons avaient leur volière dans la basse-cour, à côté du poulailler. Alix avait pris l'habitude d'y accompagner la chambrière, qui retrouvait là son amoureux, chargé de nourrir les volailles. Elle proposa de distribuer le grain et le pain pendant que les deux tourtereaux passaient du bon temps dans le grenier à foin. La chambrière en ressortait les joues rouges et la cotte défaite, ne sachant comment remercier la petite demoiselle. C'était bien cela le but de l'affaire.

— Tôt ou tard, tu me rendras la pareille ! répondait Alix.

Elle profitait de ces visites pour s'attarder auprès des deux faucons, délaissés depuis la mort d'Aubin. Elle s'attacha à l'un d'eux, l'habitua à manger dans sa main puis à se poser sur son poignet qu'elle entourait d'une bande de cuir. Ce matin-là était la première sortie hors de la volière.

Cette explication laissa à Thomas le temps de reprendre ses esprits.

— Alix, tu oublies que tu as une mission ! grogna-t-il, assis à l'écart, agacé contre lui-même et contre tout.

Sans le regarder, elle fanfaronna à la manière de son frère :

— Je rentre dans la chambre quand je veux. À toi d'entraîner ton oncle à l'extérieur.

— Une partie de chasse au vol peut-être... murmura-t-il en relevant les yeux vers la fille et l'oiseau.

— Ah non ! Vous n'allez pas faire ça sans moi ! Le laisser voler alors que je ne serais pas là ? Ce serait trop injuste !

À nouveau, elle était palpitante, émouvante. Il ne voulait pas la décevoir davantage.

— Ma mère pourrait se joindre à nous, en compagnie de ses demoiselles. Tu rentrerais ensuite avec elle. Et nous, nous resterions dehors.

— Et Baudouin ? dit Alix en se tournant vers son frère.

— Il viendrait aussi. L'oncle de Thomas serait content. Morvan, Raoul et moi, on serait bien assez de trois. Et toi, tu aurais la paix. Tu sais comment t'y prendre ?

Elle ne répondit pas, referma la barrière du jardin et s'éloigna très dignement avec le faucon dressé sur son poing.

Le Balafré leva un sourcil.

— Ah, les filles avec leurs airs mystérieux ! Allez, viens, on va manger.

Thomas n'avait pas faim ni envie de parler. Il monta à la chambre des dames inviter sa mère à une partie de chasse au vol.

La Dame de Poulfenc exprima quelque réticence en raison du voyage qui approchait. Thomas lui fit remarquer qu'un peu d'exercice l'entraînerait aux longues chevauchées à venir. Elle se laissa persuader et s'assit sur un coffre pour déclarer avec émotion :

— Oh Thomas ! Quelle belle idée de faire voler les oiseaux de ton frère ! Il les aimait passionnément... au point de nous délaisser souvent ! Toujours plein de courtoisie mais l'esprit ailleurs. Il y avait tant de rêves dans ses yeux... Je crois qu'il n'aimait pas la guerre. Ton père voulait qu'il lui ressemble. En fait, c'est toi qui ressembles à ton père. Tenace et combatif...

Elle se leva pour le serrer dans ses bras.

— Thomas, nous allons te présenter à la reine Aliénor. Je suis sûre qu'elle saura discerner en toi toutes les qualités des Poulfenc.

Il hocha la tête, songeant à l'entrevue que la reine leur accorderait, et cherchant déjà les mots susceptibles de la convaincre.

De son côté, Raymond de Poulfenc accepta avec empressement cette sortie imprévue. Sans être fin connaisseur, il avait quelques notions de fauconnerie.

— Nous trouverons un terrain découvert, du côté du marais peut-être, ou sur la lande. Laissez le faucon jeûner d'ici là. Il attaquera mieux s'il a faim.

À l'écouter parler d'attaque et de dressage, Thomas eut froid dans le dos, sentant poindre à nouveau les dents de Brutus. Cet esprit diabolique avait-il affamé le chien jusqu'à le rendre fou ? Morvan intervint au bon moment :

— Juste un petit jeûne ! Ne rien lui donner le soir, pour qu'il soit alerte et bien éveillé le lendemain ! C'est tout.

Ils partirent un après-midi sous le soleil tiède et prirent la route du village, pour bifurquer ensuite vers la lande couverte de bruyère et de genêts. Ils allaient au pas. Sur leur passage, les gens au bord des champs murmuraient :

— On dirait que messire Aubin est de retour ! Il était si beau chevalier quand il partait avec ses oiseaux.

Thomas était soulagé d'éviter la forêt. Il se sentait incapable d'y retourner. Plus il y pensait plus il souhaitait réellement qu'une chapelle fût bâtie là-bas, près du trou au chien, que les moines issus de Saint-Jean vinssent laver le crime et apporter la lumière dans cette vallée obscure.

Un jour, dans quelques années, le ruisseau de la combe coulerait peut-être au fond d'une prairie verdoyante et fleurie.

L'image était réconfortante.

Le cortège s'arrêta devant une grande étendue sauvage qui descendait en pente douce vers les marais. Entendant les oiseaux pépier dans les buissons, le faucon s'agitait malgré le chaperon de cuir qui lui couvrait les yeux. Avant de le laisser partir en vol libre, l'oncle Raymond fit quelques essais avec un léger filin permettant de le rattraper. L'oiseau, bien dressé, répondit docilement à l'appel et Alix eut le droit de dénouer le fil. Elle le regarda s'élever, si haut qu'il n'était plus qu'un point vibrant dans le ciel, et cria lorsqu'il se laissa tomber comme une pierre sur une proie invisible. C'était une petite poule d'eau, qu'on lui retira pour l'obliger à chasser encore. Alix assista à deux autres vols, la poursuite d'une grive et l'attaque d'un lapin qui ne perdit qu'une touffe de poil. Puis elle accepta de rentrer au château avec Dame Isabelle, comme il était convenu. Adeline préféra les accompagner, et Raoul qui leur servait d'escorte, prit fièrement la tête du petit cortège.

Après leur départ, l'après-midi s'étira mollement. Cette partie de chasse, qui était un prétexte et non un plaisir, ennuyait profondément Thomas, si bien que Morvan proposa un bon galop pour se dégourdir un peu. Thomas se laissa dépasser par le Balafré et assista, l'œil morne, à une course effrénée entre Baudouin et l'oncle Raymond.

À côté de lui, le Balafré jouait avec une pierre qu'il passait d'une main dans l'autre.

— On pourrait le tuer comme un rat. Regarde comme c'est facile. Bien placée dans la nuque et voilà !

Il levait déjà le bras pour provoquer la réaction de Thomas.

— Non ! Ce serait vengeance et non pas justice. À notre tour, nous serions les coupables ! Et son crime resterait dans l'ombre. Pour que la bête meure vraiment, il faut qu'elle soit abattue devant tous. C'est ça que je veux, tu m'entends ?

Lorsqu'ils rentrèrent à la nuit tombante, les deux filles les attendaient du côté de la fauconnerie.

— J'ai trouvé, chuchota Alix. Ils sont dans un coffret fermé. La clef est cachée ailleurs. Il m'en a fallu du temps avant de la trouver ! Heureusement que la chambrière est bavarde et amoureuse ! Elle n'a rien vu.

Thomas tendit la main.

— Montre-moi.

Elle secoua la tête.

— Je ne les ai pas pris.

Il s'énerva.

— Tu es folle ?

Adeline prit la défense d'Alix :

— C'est toi qui ne penses à rien. Tu t'imagines quoi ? Qu'il les laisse moisir dans le coffret ? Moi je suis sûre qu'il les apprend par cœur, qu'il les lit tous les soirs pour se persuader qu'ils sont de lui. Si on les prend aujourd'hui, tout s'écroule pour lui comme pour nous. Tu vois d'ici sa fureur ? Il fera n'importe quoi pour les récupérer.

Thomas serrait ses deux mains sur son front. Tout cela était interminable.

Ils n'étaient pas assez forts, pas assez nombreux. Le Balafré avait peut-être raison : ils auraient dû le tuer tout à l'heure.

— Alors ? demanda-t-il avec lassitude.

— Si je les prends, dit Alix, tu pourras les recopier ? Tu sais écrire, toi ! Nous garderons ceux d'Aubin et je remettrai les nouveaux dans le coffret.

— Et tu crois qu'il ne se rendra compte de rien ?

Ils étaient indécis et tourmentés. Quelle était la meilleure marche à suivre ? Morvan, qui venait vers eux, les rassura.

— Thomas, ton oncle n'est pas un jeune homme. Je pense que sa vue n'est plus tout à fait excellente. La lettre de frère Géraud, c'est Baudouin qui la lui a lue.

— Comment le sais-tu ?

— Mes enfants, méfiez-vous du grand méchant Morvan ! Il voit tout depuis le chemin de ronde. Et il entend tout également.

Un œil ouvert et l'autre fermé, une main en cornet autour de l'oreille, il mimait l'espion à l'affût du moindre indice.

Ils éclatèrent d'un bon rire franc qui dissipa le malaise. Les derniers détails furent fixés : Il fallait faire l'échange le plus tard possible et écarter Baudouin à ce moment-là, afin que l'oncle emporte le rouleau recopié sans l'avoir regardé de près. Pour le parchemin, Adeline savait que les feuilles provenaient des moutons de la seigneurie. Les peaux étaient travaillées dans un atelier de parcheminiers établi sur la grand-route. Aucune n'était identique à l'autre, mais elles se ressemblaient toutes. Elle demanderait à Dame Isabelle de s'en procurer quelques-unes d'avance.

La date approchait. La fébrilité devenait insoutenable.

L'avant-veille du départ, alors que Baudouin était descendu chez le forgeron du village, Morvan entra dans la salle et pria messire

Raymond de l'accompagner à l'écurie : il lui semblait que le chariot était mal équilibré... Thomas n'écouta pas la suite. Alix avait compris et s'était déjà esquivée. Elle revint très vite avec le trésor caché dans sa manche.

— Regarde si je ne me suis pas trompée, souffla-t-elle, anxieuse.

C'étaient bien les poèmes d'Aubin. Dix petites feuilles, écrites et signées de son nom. Sur l'une d'elles, il avait dessiné une biche.

Thomas la remercia à peine et courut vers la chambre des dames. L'encrier, les plumes, le couteau pour gratter les fautes, tout était prêt. Ils s'attelèrent au travail, raturant là où Aubin avait raturé, imitant méticuleusement les erreurs, une lettre trop basse, une ligne mal tracée à la mine de plomb. Au fur et à mesure que les feuilles se remplissaient, Alix, une fois l'encre séchée, les roulait dans ses mains, les déroulait et recommençait, y frottait les doigts afin que le parchemin prenne un aspect usagé. De temps à autre, elle allait à la fenêtre, d'où elle apercevait son frère posté sur le chemin de ronde. Le Balafré guettait le retour de Baudouin tout en suivant le parcours de Morvan et de l'oncle. En cette veille de départ, le sergent faisait le tour des granges et des greniers tandis que messire Raymond donnait toutes sortes de consignes à l'intendant du château. C'était une bonne période pour entreprendre un voyage : les récoltes étaient engrangées, le foin, l'avoine et le blé à l'abri derrière les hauts murs.

Recopier le manuscrit d'Aubin s'avéra plus long que prévu. Thomas ne relâchait pas son attention, mais Adeline, moins habituée à cet exercice, ne parvenait plus à tenir la plume. Et, Morvan, ayant épuisé les sujets de vérifications, revenait avec l'oncle vers la cour !

Alix, collée à la fenêtre, dit tout à coup :

— Lucas vient de partir.

— C'est que Baudouin doit remonter du village, dit Thomas d'une voix sombre.

Il ne restait plus qu'une page à copier. Mais si l'oncle regagnait sa chambre, Alix ne pourrait plus replacer le rouleau. Il suffisait qu'il ouvre le coffret pour constater le vol et découvrir le complot. Il fallait empêcher ce drame. Faire intervenir Adeline ! Ou la Dame de Poulfenc ! Où était-elle ? Au cellier, à compter les réserves jusqu'au soir. Vite, courir audevant d'elle. Lui dire quoi ?

Ils se rongeaient les ongles. Ça ne marcherait jamais, quelque chose allait coincer, détruire le bel édifice patiemment élaboré.

Alix dévala l'escalier de la tour, prête à inventer n'importe quelle bêtise pouvant retarder Raymond de Poulfenc. Adeline prit le relais à la fenêtre. Thomas ne lâchait pas sa plume.

Dans la cour, Alix croisa un garde pressé puis messire Raymond, le visage ravagé.

— Baudouin est blessé ! criait-on depuis la basse-cour.

— C'est fait ! murmura Adeline à la fenêtre.

— Lucas a gagné, déclara Alix en remontant.

Thomas achevait la dernière ligne. Il leva les yeux, très pâle, épuisé.

— Ils vont le porter jusqu'à la cour. Tout le monde sera dehors à l'entourer. Alix, tu auras le champ libre.

Elle tendit la main vers le rouleau, l'examina, le palpa.

— C'est très bien. Vous n'avez pas oublié la biche ?

Ils secouèrent la tête. Elle eut un beau sourire avant de disparaître dans l'escalier.

Baudouin fut déposé dans une petite pièce qui jouxtait la cuisine et servait d'infirmerie au besoin. Tout près du feu, de l'eau chaude, des onguents et des potions, les malades y étaient bien soignés. On y dressa un lit à la hâte. La Dame de Poulfenc se pencha sur le blessé qui geignait et semblait souffrir du genou. Thomas s'installa dehors, sur le banc devant la cuisine, où il fut bientôt rejoint par le Balafré.

— Alors ?

— Tu n'as qu'à écouter les commentaires ! ricana l'autre.

Quelques instants plus tard, ils apprenaient que la sorcière avait attaqué Baudouin près du lavoir, qu'elle s'était jetée sur lui. Plus diabolique que jamais, elle était à cheval, on n'avait jamais vu ça !

Thomas, surpris, poussa le coude de son compagnon.

— Merci pour tes excellentes leçons ! gloussa le Balafré.

— Tais-toi ! supplia Thomas, qui sentait monter un énorme fou rire.

La sorcière l'avait poursuivi et entraîné vers la forêt. Le cheval de Baudouin, terrorisé par l'apparition, s'était cabré et avait désarçonné son cavalier. Une fois à terre, Baudouin s'était fait piétiner avec une force surhumaine.

— C'est vrai que tu es un costaud ! hoqueta Thomas.

Ils durent se séparer pour ne pas éveiller l'attention.

Resté seul, Thomas parvint à se calmer et se mit à considérer l'avenir avec un nouvel optimisme. Tout était accompli. Ils partaient le surlendemain, sans Baudouin, et il portait, cousus à l'intérieur de sa tunique, les poèmes de son frère.

Alix fit halte sur le banc, un paquet sombre entre les bras.

— Le grand manteau noir de ta mère a besoin d'être épousseté avant le voyage ! déclara-t-elle d'une voix neutre.

Le manteau noir ! Il faillit s'étrangler à nouveau. Celui de la sorcière qui avait attaqué Baudouin. Lucas pensait à tout !

Vive comme l'oiseau, Alix allait se lever, et se tourna vers lui.

— C'était mon premier baiser.

Sa lèvre tremblait un peu. Il se retint de la prendre contre lui, pour la choyer doucement. Il dit seulement :

— Alix, je te demande pardon. Ce n'était pas... Ce n'était pas digne...

— Pas digne d'un chevalier. Ah ça non ! acheva-t-elle dans un éclat de rire déconcertant.

Elle n'avait pas l'air trop fâché ou laissait si peu paraître. Il la regarda s'éloigner sans savoir ce qu'elle ressentait vraiment.

Ils partirent le jour de la Sainte-Ursule, à l'heure où le soleil, perçant les nuages, commençait à réchauffer la brise d'ouest. Baudouin, le genou bleu et enflé, enrageait de ne pouvoir les accompagner. Dame Isabelle arborait pour le voyage un beau manteau noir parfaitement nettoyé que personne ne reconnut, hormis Thomas et Lucas qui échangèrent un discret clin-d'œil.

En franchissant le passage voûté, Thomas murmura un au revoir au château de Poulfenc, sa maison, les murs bâtis par son père, la terre de ses ancêtres.

Chapitre 14

Le mois de novembre était arrivé, tout chargé de froidure et de pluie, lorsque les voyageurs atteignirent la ville d'Angers. Par les rues boueuses du faubourg, ils gagnèrent la rivière et le pont qui permettait d'accéder à la vieille cité. De l'autre côté de l'eau, le château dominait les toitures environnantes. Tellement plus grand, plus majestueux que celui de Poulfenc, il appartenait à la famille Plantagenêt, qui régnait sur le comté et bien au-delà, jusqu'à l'Aquitaine et l'Angleterre.

À chaque pas du cheval, Thomas sentait son cœur bondir dans sa poitrine : Il allait revoir frère Géraud ! Il avait hâte de retrouver son sourire et son visage franc, d'entendre ses bons conseils, d'être enfin rassuré. Et il espérait que le frère infirmier, devenu père Géraud en même temps qu'abbé du monastère, n'avait rien perdu de sa joyeuse simplicité.

Si Thomas n'en pouvait plus d'attendre ces retrouvailles, c'est qu'il sentait poindre un nouveau malaise, et Morvan, de plus en plus taciturne, n'arrangeait rien à l'affaire. Peu après le départ de Poulfenc, deux gardes avaient attrapé un flux de ventre qui les avait empêchés de poursuivre la route et le sergent n'avait pas retrouvé sa bonne humeur depuis cette désertion. De son côté, l'oncle Raymond se montrait parfaitement détendu. De temps à autre, cependant, on voyait sa main se crisper sur les rênes, prête à dompter la première force étrangère qui se dresserait contre lui. Dans ces moments-là, Thomas redoublait de vigilance et préférait chevaucher devant ou derrière, à l'abri de cette sourde menace.

La présence d'Isabelle de Poulfenc avait beaucoup ralenti l'allure. La Dame se fatiguait vite et l'on avait réduit les étapes pour lui permettre de se reposer davantage. Tandis que Thomas et le Balafré piaffaient d'impatience, l'oncle Raymond se contentait de formuler quelques reproches :

— Ah, Isabelle, si vous aviez accepté mes invitations au lieu de rester confinée dans la chambre, vous auriez gardé l'habitude du grand air et des chevauchées ! Et vous seriez plus alerte aujourd'hui !

Elle ne répondait pas, mais soupirait d'aise en l'entendant annoncer la prochaine halte.

Heureusement que l'argent ne manquait pas ! Il y avait chaque soir une bonne auberge, de la paille pour les chevaux et les hommes de garde, de vastes lits bien garnis pour les autres. Dame Isabelle logeait avec ses demoiselles et la bonne entente du trio féminin résistait à tous les embarras du voyage. Plusieurs fois, Thomas avait partagé le lit avec son oncle, et le Balafré, devant son visage anxieux, n'hésitait pas à lui glisser quelque mauvaise plaisanterie :

— Tu dors avec moi depuis des semaines et tu ne m'as jamais demandé si j'avais tué quelqu'un ! Mon père et ma mère par exemple...

Cela dit, il s'arrangeait pour prendre la place au milieu du lit et offrait à son ami une protection sans faille.

Malgré ces contrariétés et ces attentes, aggravées par les pluies de l'automne, la fin du voyage approchait. Ils entraient à présent dans Angers, la ville où la vraie nature de l'oncle éclaterait au grand jour, où l'hideux visage du mal, de la mort, de la jalousie apparaîtrait sous le masque du traître ! Et après ? Qu'allait-il se passer à l'issue de ces journées décisives ? À n'en pas douter, l'oncle serait condamné ; Thomas rentrerait à Poulfenc avec Morvan, Adeline et sa mère tandis que Lucas et Alix raccompagneraient père Géraud jusqu'au monastère. La belle complicité née entre eux s'effacerait avec le temps. Thomas n'aurait plus l'occasion d'embrasser Alix ; il rencontrerait sûrement d'autres jolies filles... C'était demain et cela paraissait si loin ! Il cherchait un moyen de remercier le Balafré, de lui assurer à lui et à sa sœur une vie plus stable. Un beau cadeau qui les mettrait à l'abri du froid et de la faim, voilà ce qu'il voulait. Il avait une idée, bien sûr, une idée magnifique qu'il devait d'abord soumettre à père Géraud... À la perspective de ces entretiens avec le père abbé, il redoublait d'impatience et rêvait de piquer un galop au lieu de piétiner dans les rues étroites bordées d'étals lourdement chargés.

Tandis qu'ils avançaient, Dame Isabelle découvrait l'existence d'une rue puis d'une tour dédiées à saint Aubin, le saint évêque qui avait christianisé la ville dans les temps lointains. Voir ainsi rappeler le nom de son fils aîné lui causait plus d'émotion que l'annonce de la naissance de la petite Jeanne, le dernier bébé de la reine Aliénor. Un enfant de plus pour la famille la plus puissante d'Europe ! Les badauds n'avaient que cette nouvelle à la bouche ! D'autres parlaient aussi du beau garçon né deux mois plus tôt chez le roi de France.

— Et si on les mariait, ces petits ! plaisantait une grosse marchande, tout en arrosant son étal de poissons afin qu'ils paraissent plus frais et brillants.

Les autres dans la rue s'esclaffaient, car les relations n'étaient pas des plus cordiales entre le roi Louis VII de France et le coléreux Henri II Plantagenêt. Au lieu de rentrer chez eux, les habitants s'attardaient dans la bruine froide à discuter de cette naissance qui les honorait, et de la présence de la reine, si bénéfique pour les auberges et boutiques de la ville. En effet, les rues étaient encombrées de visiteurs, les chevaux avançaient péniblement dans la foule, et Morvan pestait, une fois de plus, contre le maudit chariot qui les ralentissait.

Lorsque les voyageurs parvinrent à l'abbaye Saint-Aubin, située hors des murs de la ville, l'hôtellerie était pleine à craquer et Dame Isabelle déclara en descendant de cheval qu'elle ne ferait pas un pas de plus.

Dieu merci, père Géraud avait tout prévu. Pendant son séjour à Angers, il louait à côté de l'abbaye une maison assez vaste pour accueillir les voyageurs de Poulfenc, qui s'installèrent avec empressement. Dame Isabelle et ses demoiselles eurent la plus belle chambre. Le sergent fut envoyé à l'écurie avec ses hommes ; Thomas et le Balafré à la cuisine ; l'oncle Raymond, très honoré, reçut une chambre pour lui seul, à peine plus grande qu'une cellule. En attendant l'heure du souper, on leur servit du vin chaud et des rôties, et Dame Isabelle cala ses pieds glacés sur un brasero. Tout était pour le mieux. La bourrasque pouvait souffler dehors ; ils étaient arrivés à bon port. Alors pourquoi Morvan affichait-il encore son air des mauvais jours, qui s'assombrit encore davantage lorsqu'on eut vidé le chariot de tous les bagages ? Il mâchonnait nerveusement un brin de paille qu'il prenait plaisir à enfoncer entre ses chicots. Dans cette maison où il était difficile de s'entretenir en aparté, Thomas n'osait lui demander des explications et ce silence commençait à peser bien lourd.

L'accueil chaleureux du Père abbé, dans la salle du premier étage, ne pouvait que détendre l'atmosphère. Il ouvrit les bras à Thomas, le regarda longuement avant de s'exclamer :

— J'avais quitté un jeune garçon et te voilà presque un homme ! Quand tu atteindras l'âge d'être chevalier, aurai-je l'honneur de t'adouber ?

Puis il salua Isabelle et Raymond de Poulfenc, qui s'inclinèrent devant l'homme de Dieu. Alix n'hésita pas à l'embrasser sur les deux joues.

— Te voilà toute belle, ma princesse. Dans mon souvenir, tu ressemblais à un petit écureuil à la fin de l'hiver.

Ils riaient tous en prenant place à table et Thomas fut réconforté de constater que la simple présence de père Géraud faisait déjà des miracles. Le repas était simple : brouet d'anguilles et autres poissons de rivière, purée de châtaignes, tarte aux pommes et aux oignons. L'abbé en déplacement continuait à respecter la règle austère du monastère, à l'exception d'un pichet de vin de Loire, qui fut très apprécié par Raymond de Poulfenc, et de quelques friandises au miel qui firent sourire Alix.

Ils parlèrent de tout et de rien, alors que la plupart d'entre eux avaient tant de choses graves sur le cœur.

Thomas demanda sans grande conviction des nouvelles des garçons qui partageaient autrefois le dortoir avec lui. Il apprit que Matthieu, surpris plusieurs fois à voler de la nourriture, avait été jugé par le chapitre et condamné à l'exil dans un autre monastère.

Puis l'abbé s'adressa à Raymond de Poulfenc :

— Il vous faudra patienter un peu avant d'être reçu au château. Comme vous le savez certainement, la reine a accouché d'une petite fille le mois dernier et ne reparaîtra en public qu'après ses relevailles. Cette cérémonie sera l'occasion de diverses réjouissances où tous les spectacles de qualité seront les bienvenus, ajouta-t-il en se tournant également vers Lucas et Alix.

Puis la conversation glissa vers les prochaines fiançailles de Geoffroy, troisième fils de la reine Aliénor, avec Constance, la fille du duc de Bretagne. Thomas n'écoutait qu'à demi, mais il ouvrit l'oreille quand on en vint à parler de la forêt de Malbrêche. Raymond et

Isabelle de Poulfenc renouvelèrent leur souhait de vendre cette partie du domaine. Père Géraud, qui s'attendait à une donation, fut plutôt surpris.

Thomas se lança dans la discussion, qui faisait diversion aux soucis des uns et des autres. Même Morvan en oubliait de se curer les dents.

— Nous pourrions peut-être nous entendre sur un échange, dit-il à père Géraud. J'ai des raisons personnelles de souhaiter le retour du Pas de Pernette dans la seigneurie des Poulfenc. En échange de cette terre, vous auriez Malbrêche, que nous pourrions défricher pour vous.

L'abbé exprima aussitôt des réserves :

— Thomas, tu ne te rends pas compte ! Le Pas de Pernette est une importante source de revenus dont l'abbaye ne peut se passer.

L'oncle Raymond expliqua que le ruisseau de Malbrêche alimentait déjà une verrerie et qu'une forge pourrait y ouvrir bientôt. Le futur prieuré deviendrait rapidement un foyer prospère.

L'abbé écouta avec sérieux et se garda bien de conclure avant d'en référer à son intendant. Thomas ne s'avouait pas vaincu. Il n'avait pas avancé tous ses arguments ; ceux qu'il gardait pour les livrer en privé pèseraient sans doute davantage sur la décision de père Géraud.

Malheureusement, l'abbé fut retenu le jour suivant par des religieux venus de Normandie et d'Angleterre, parmi lesquels l'évêque de Lisieux, un lointain parent que Dame Isabelle alla saluer en compagnie de Morvan. L'oncle s'absenta longuement, ce qui allégea l'atmosphère de la maisonnée. Adeline en profita pour apprendre à Alix les poèmes d'Aubin, et Thomas lui confia le rouleau à contrecœur. À la suite de quoi, il eut le temps de s'ennuyer ferme et de fréquenter quelques tavernes, où le Balafré le rejoignit tardivement après ses répétitions. Malgré les trois chopines de vin clairet qu'ils vidèrent ensemble, Thomas ne réussit pas à obtenir le moindre détail sur le spectacle que préparait son ami. Il rentra à la maison, excédé par l'oisiveté de cette journée interminable.

Le lendemain, enfin, père Géraud lui proposa de l'accompagner à l'abbaye Saint-Aubin, déclarant à voix haute qu'il lui semblait nécessaire de confesser son ancien moinillon.

— Tu as dû commettre toutes sortes de fautes dans ce pauvre monde semé de tentations ! Il faut bien que je redresse un peu tout ça.

Thomas sourit. En effet, il était grand temps que l'abbé s'occupe un peu de lui !

Une fois qu'ils furent assis dans le cloître, père Géraud le laissa parler sans l'interrompre, puis posa des questions sur l'oncle, sur Morvan, la découverte du chien... Ce fut très long. Il écoutait avec une grande attention, fronçait les sourcils, joignait parfois les mains.

À la fin, il dit gravement :

— C'est très habilement noué et nous devons nous attendre à tout. Il faut faire vite. Ton oncle croyait te tenir à sa merci, mais tu résistes ! Es-tu certain qu'il ne se doute de rien ? Et ta mère ? Nous avons besoin d'elle. De quoi l'accuse-t-elle ?

— Elle ne l'accuse pas ! Elle ne sait rien. Carla m'a conseillé de ne pas l'alarmer.

Père Géraud eut un fin sourire avant de répondre :

— Carla est une jeune femme remarquable.

— Une belle sorcière, n'est-ce pas ? fit Thomas en l'observant du coin de l'œil.

Le visage de père Géraud resta impassible.

— Morvan a gardé la flèche et le collier du chien, c'est bien ce que tu m'as dit ? Il les a apportés ici ? demanda-t-il.

Thomas acquiesça.

— Et nous avons les poèmes d'Aubin. Les vrais, signés de sa main !

— Il faudrait les authentifier en les comparant à d'autres. Je vais y songer... Dès ce soir, j'alerte le prévôt* d'Angers. Il pourra intervenir si ton oncle commet une erreur sur le territoire de sa juridiction. Évidemment, la reine, lorsqu'elle sera dispose, pourra jouer un rôle influent. Chacun sait qu'elle défend les poètes, les vrais...

Il réfléchissait tout en parlant, et conclut que l'opération s'annonçait difficile. Thomas voulait des précisions.

— Père Géraud, devons-nous le laisser déclamer les poèmes d'Aubin devant la reine ?

L'abbé hocha la tête.

— Oui, Thomas, c'est l'erreur qu'il va commettre. Il faut trouver un moyen de le confondre à ce moment-là. Lucas, Alix, ta mère et toi, unissez vos forces. Et n'oubliez pas de prier. Dieu vous inspirera. Dans quelques jours, lorsque la reine voudra bien me recevoir, je te recommanderai à elle comme si tu étais mon neveu. Elle m'entendra, je te le promets. Le reste vous appartient.

* Magistrat royal (à peu près l'équivalent du préfet d'aujourd'hui).

Ta mère doit se dresser contre l'usurpateur. Je tâcherai de lui parler, à elle aussi.

Thomas le quitta un peu déçu. Il s'attendait à un programme tout tracé qu'il suffirait de suivre pas à pas. À présent, il n'était plus tout à fait certain de réussir, même avec l'aide de père Géraud. Pourtant, il n'était pas tolérable que l'oncle s'en sorte indemne. Non, jamais il n'accepterait cela !

Il rentrait par les rues avoisinantes, devenues peu à peu familières, lorsqu'il aperçut au loin Adeline qui semblait le guetter. Inquiet, il força l'allure.

Elle était décomposée, haletante.

— Morvan a été arrêté par les hommes du prévôt, et Lucas aussi parce qu'il a voulu défendre Morvan.

— Qui a fait ça ? L'oncle bien sûr !

— Pire que ça. C'est ta mère qui l'a demandé. Elle pense que Morvan a tué Aubin et qu'il te dresse contre ton oncle.

Thomas dut s'appuyer contre la porte tant le monde semblait soudain chavirer autour de lui.

— C'est lui qui a ficelé cette histoire ! Et elle l'a cru ! Il faut que je lui parle. Je vais tout lui dire. J'aurais dû le faire depuis longtemps.

— Elle est allée prier à l'abbaye Saint-Aubin. J'ai essayé de tout lui expliquer. Elle ne veut rien entendre.

— Et les poèmes, Adeline ?

— Je les ai, souffla-t-elle, je te les rends. La petite sait tout par cœur et les récite drôlement bien.

— J'ai peur que cela ne serve plus à rien, murmura Thomas d'une voix accablée. Mon oncle est bien trop rusé, bien trop fort !

— Attention, le voici ! Dans la cour ! Il revient de la prévôté, j'imagine.

Thomas se dirigea lentement vers la cour. Il était seul, sans la protection de Morvan ni des couteaux du Balafré. Il allait tout seul, au-devant de l'assassin. L'image à laquelle il s'accrochait était celle de Tristan galopant vers le dragon, Tristan utilisant la ruse pour sauver Iseut. « Toutes les armes, Thomas, tu peux utiliser toutes les armes ! » se répétait-il en serrant les poings. Mais il n'avait que ses mains nues, aucune armure de fer, seulement sa tête et son cœur. « Vas-y, Thomas, n'aie pas peur, marche droit sur l'ennemi. »

L'oncle revenait de l'écurie.

— Ah te voilà ! Il est grand temps que nous parlions, grinça-t-il en découvrant son neveu.

Il l'empoigna par les épaules et le poussa vers un réduit voûté, une sorte de cellier sombre et désert. Thomas resta debout. Il distinguait la silhouette de Raymond de Poulfenc, mais ne voyait pas ses yeux, encore moins les expressions de son visage. L'oncle commença d'une voix hachée qui ne contenait plus ni légèreté ni courtoisie.

— Thomas de Poulfenc, tu t'es conduit comme un ingrat envers celui qui t'a délivré du monastère. Tu t'es conduit comme un petit benêt assoiffé de puissance, entouré d'une cour minable où s'agitent deux jongleurs, une boiteuse et un mauvais garde. Oui, un mauvais garde. Incapable de garder une flèche et un vieux collier de chien rouillé par les pluies. Désormais, ces objets auxquels tu tenais sont en ma possession, tu m'entends ? Tu t'es laissé manœuvrer, Thomas ! Tu n'as rien appris au monastère, rien sur les chemins tortueux de l'âme humaine. Tu as cru que je ne voyais pas ton petit jeu. Tu as cru me faire gober cette rencontre soudaine dans la forêt ; tu as pensé que Baudouin serait assez bête pour croire à cette attaque de sorcière. Ah, vous étiez tellement contents de vous, toi et ta petite bande ! Thomas de Poulfenc, tu ne vaux rien et je te tiens dans ma main. Il me suffit de serrer pour que tu crèves, comme ton frère. Adieu, les héritiers de Robert, l'aîné des Poulfenc !

Dans sa furie, il élevait la voix. Eh bien, qu'il parle encore ! Qu'il crache son fiel et se dévoile enfin dans toute sa noirceur. Thomas riposta, pour aiguillonner sa colère.

— Pour l'instant, je suis bien vivant. Mon père aussi, jusqu'à preuve du contraire, et donc maître du château.

Raymond s'esclaffa dans l'ombre.

— Pauvre niais ! Le château de Poulfenc n'est plus à toi. Bertrand de Mauvis, votre maître d'armes accompagnait Robert dans son périlleux voyage. Si périlleux que ton père ne reviendra pas. En revanche, Bertrand de Mauvis, lui, est déjà sur la route du retour. J'ai reçu un message de lui. Il approche. Il pensait devoir assiéger le château ou le prendre par surprise, mais voilà que tu t'en vas, que tu lui laisses la place. Tu penses bien que je ne me suis pas opposé à ce départ ! Et Baudouin, dont vous n'avez pas voulu, va l'aider à s'installer ! Les deux gardes que j'ai fait renvoyer me sont tout dévoués, et le reste de la garnison suivra. Après les petites cérémonies devant la reine, nous rentrerons au château. Ta mère et toi, vous serez complètement en mon pouvoir. Tu entends, Thomas ? En mon pouvoir !

Le coup était très rude. Thomas ne pouvait plus parler. Il se sentait vide. Il mesurait trop tard combien cet homme était terrifiant et diabolique, au-delà de ce qu'il avait imaginé.

Il l'écoutait se complaire dans sa haine, percevait la jubilation de l'oncle à exprimer sa vengeance, son ivresse à tout détruire.

— Je n'ai pas fini, Thomas. Maintenant que je te connais, hargneux comme tu es, j'ai pris mes dispositions et je les ai transmises à Baudouin : s'il m'arrivait malheur pendant le voyage, Bertrand de Mauvis n'hésiterait pas à incendier le château de Poulfenc. Jusqu'à la dernière pierre. Ainsi personne ne l'aura s'il m'échappe.

Ce dernier coup fut moins brutal que le précédent. Thomas se doutait bien que l'oncle avait pensé à tout. Il essayait de respirer, de parer au plus pressé. Plus tard, il mettrait toutes ses forces à reconquérir Poulfenc. Pour l'heure, le combat avait lieu ici. Il avait perdu une bataille, certes, mais il lui restait encore une arme fragile, cachée là, sous son manteau : les poèmes d'Aubin. Et il devait impérativement savoir s'il pourrait les utiliser au moment voulu.

Il réussit à articuler :

— Alors, pourquoi ne pas rentrer de suite puisque Poulfenc est désormais chez vous. Qu'avez-vous à attendre de cette rencontre avec la reine ?

— Mais enfin, Thomas, la reine aime les poèmes et m'invite à dire les miens ! Et tu voudrais que je m'en aille...

Thomas eut un haut-le-cœur : au-delà de la méchanceté, l'oncle était-il diaboliquement fou ?

Ou bien jouait-il une parfaite comédie ? Prêt à lancer plus tard le dernier filet et les regarder tous s'empêtrer ?

Thomas pressa ses mains sur sa poitrine en priant le ciel de lui donner les bonnes armes et il se laissa aller :

— Qu'avez-vous écrit récemment ? cria-t-il. Qu'allez-vous offrir à la reine ? Un poème qui lui sera dédié ?

Immobile et tendu, il attendait la réponse. Ah, quel dommage de ne pas discerner le visage de l'oncle !

Il crut percevoir une hésitation puis Raymond de Poulfenc répliqua sèchement :

— Non, je ne présenterai que les anciens. Les plus récents sont inachevés. Certaines contrariétés m'ont empêché d'écrire ces derniers temps.

Thomas serrait les poings à se briser les doigts. Il avait l'impression de tenir l'esprit fou de son oncle au bout d'un hameçon. Attention, pas un mot de plus. Ne rien dire, ne pas bouger. Le fil de la chance était si fin que le moindre mouvement risquait de le briser.

— N'oublie pas que ta mère aussi est sous mon contrôle, reprit l'oncle. Ce que tu tenterais contre moi retomberait sur elle. Je ne tolérerai aucune perturbation, aucun empêchement à cette cérémonie. C'est bien compris ?

Pour une fois, l'ombre protégeait Thomas, et Raymond de Poulfenc ne vit pas l'énorme grimace hideuse que son neveu lui adressait. Il entendit seulement ces deniers mots, prononcés d'une voix neutre :

— J'assisterai donc à votre triomphe, mon oncle. Je n'élèverai pas la voix contre vous. À présent, je souhaiterais que vous me laissiez seul.

Thomas attendit, immobile, que l'oncle se décide à sortir. Une fois seul, il s'assit par terre sur le sol humide, plaqua son dos contre le mur, touchant ses genoux et son torse pour s'assurer que ce n'était pas un mauvais rêve. Il poussa un gémissement. L'image de son château aux mains de Bertrand de Mauvis s'insinuait douloureusement en lui. Il voyait cet homme inconnu arpenter en maître le chemin de ronde, trôner à côté de l'oncle dans la belle salle du premier étage. L'assassin de son frère et celui de son père unis pour dominer Poulfenc. Non !

Avait-il crié ? Une silhouette s'approchait. Il n'eut pas le temps de se relever. Elle fut bientôt contre lui. C'était sa mère, grelottante, effondrée. Elle l'enveloppa de ses bras.

— J'ai tout entendu, chuchota-t-elle. Par la cheminée de la cuisine, on entend ce qui se passe au cellier. Oh, Thomas, pourquoi n'as-tu rien dit avant ?

— Et vous ma mère, pourquoi n'avez-vous pas confiance en moi ?

Elle pleurait sans bruit en le gardant serré contre elle.

— C'est lui qui a tué Aubin, dit-il tout bas.

Il la sentit frémir, refusant encore l'horrible vérité.

— Mais il m'a montré le collier couvert de tissu bleu que Morvan garde avec lui ! Et la flèche, la même que celles de son carquois !

Thomas sursauta.

— Ah, le monstre ! s'étrangla-t-il. Il a vraiment tout manigancé ! Il les a volés à Morvan, qui s'en est rendu compte. Je comprends mieux maintenant !

Isabelle de Poulfenc claquait des dents dans l'obscurité froide du cellier.

— Thomas, tu crois qu'il a aussi tué ton père ?

— Il en est capable, c'est certain. Mais il se peut aussi qu'il mente. Je vous en prie, ma mère, essayez de vous ressaisir. Nous avons besoin de vous pour l'abattre, ici, à Angers. Nous allons l'accuser en public de tous ses crimes. Aurez-vous la force de vous lever contre lui ? En attendant, nous suivrons le conseil de père Géraud : mettre notre confiance en Dieu, qui soutiendra le bras de l'innocent.

Chapitre 15

La reine Aliénor se réjouissait d'être de retour en France et comptait s'y installer bientôt. Après tout, elle était duchesse d'Aquitaine et l'Angleterre n'était pas son pays ! Et puis, elle commençait à se lasser des colères de son époux, le roi Henri Plantagenêt. Non, c'était surtout l'infidélité du roi qui lui portait ombrage...

Autour de Thomas, les gens étaient intarissables sur le sujet et lui n'avait rien de mieux à faire que de les écouter. Quel beau sujet de commérages en attendant d'arriver devant le bassin de cuivre émaillé où l'on se lavait les mains ! Comme le voulait l'usage, les invités de marque passaient les premiers et les autres attendaient leur tour en montant lentement l'escalier qui menait à la salle noble. En ce grand jour, Thomas, sa mère et l'oncle Raymond portaient les beaux habits qu'Isabelle avait confectionnés avant le départ. L'oncle était habillé avec une recherche particulière, laissant voir sous son manteau un bliaud * de soie rouge sombre qui lui descendait jusqu'aux mollets. Fier de sa belle allure, il parlait avec entrain, révélant à tous qu'il aurait la chance de déclamer ses poèmes après le festin. Les uns manifestaient leur admiration, les autres le félicitaient déjà. L'on savait, à Angers comme ailleurs, que la reine, bienfaitrice des poètes, était à l'écoute des nouveaux talents. Le repas d'aujourd'hui permettrait à chacun de s'exprimer et une récompense serait remise au meilleur. Bien évidemment, les artistes pouvaient dire leurs œuvres en compagnie de jongleurs, de danseurs et de musiciens. Raymond de Poulfenc avait donc engagé un joueur de luth et il avait couru la ville à la recherche d'une décoction de plantes pour se clarifier la gorge.

À quelques pas de lui, Thomas s'était vêtu de neuf à contrecœur. Il se sentait étranger à

* Robe de dessus portée au XIIe siècle par les hommes et les femmes.

tout. Sans les pierres de Poulfenc pour l'attacher à la terre et à la vie, il était comme un vagabond. Pire encore : un naufragé en péril, ballotté au fil de l'eau. Ces derniers jours avaient été affreux. Depuis les terribles révélations dans le cellier, il traînait sa tristesse et son dégoût, avec des accès de révolte impuissante pendant lesquels il s'écrasait les poings contre les murs. Et il ne parvenait pas à entendre père Géraud qui tentait de le réconforter.

— Bientôt, la mauvaise bête rampera dans la poussière. Je te promets que la victoire est proche. Regarde briller la lumière devant toi. Tu as déjà surmonté tant d'épreuves !

Alors, si la prédiction de père Géraud devait se réaliser, c'était aujourd'hui ou jamais. Mais Thomas avait peine à croire que cette journée serait différente des autres.

Même les quelques marguerites à cœur d'or qu'Alix lui avait portées hier ne suffisaient pas à le ragaillardir. Pourtant le geste était délicat, surtout qu'il accompagnait une bonne nouvelle : la libération du Balafré. Sous l'influence de père Géraud et vu l'absence de véritables griefs contre lui, le jongleur avait quitté les infâmes prisons de la ville. À peine sorti, il s'était remis à la préparation du spectacle qu'il voulait présenter avec sa sœur.

— Tu verras, il y aura des couteaux et ce sera très bien ! avait-il soufflé à Thomas avant de disparaître.

Comme d'habitude, il avait l'air si sûr de lui ! Il fallait s'en contenter et attendre la surprise. Ni Alix ni lui, ni même Adeline qui ne quittait plus sa jeune amie, ne seraient présents au repas. À cet instant, quelque part dans le château, ils enfilaient leurs costumes et répétaient les derniers gestes en vue de cette cérémonie qui aurait pu être une fête et n'était, hélas, que l'ultime résistance des vaincus.

En revanche, le sergent Morvan se morfondait toujours dans les salles basses et puantes.

— De la patience ! répétait père Géraud.

Sur son conseil, Dame Isabelle avait envoyé une lettre au curé de Poulfenc afin qu'il la lise à Raoul. Elle réclamait des nouvelles, demandait d'envoyer au plus vite un messager à Angers. Sans vouloir alarmer quiconque, elle recommandait la plus grande vigilance : garder les portes fermées et le pont relevé, ne pas ouvrir à Bertrand de Mauvis lorsqu'il se présenterait. Mais c'était peine perdue. La garnison, minée de l'intérieur, ne résisterait pas ! Que ferait Raoul face à une dizaine d'hommes aguerris ? Dès qu'il essayait de réfléchir, Thomas butait contre la même question lancinante : l'oncle avait-il menti, pour gagner du temps et perturber l'adversaire ? Son esprit malade s'était-il persuadé qu'il disait vrai ? Ou bien Bertrand de Mauvis avait-il vraiment pris possession du château ? Et, dans ce cas, pouvait-on le sauver encore ? C'était à devenir fou. Thomas avait proposé de rentrer. En galopant à bride abattue, il atteindrait Poulfenc en quelques jours. Mais il était seul, et père Géraud avait annoncé le repas chez la reine pour le lendemain. Ils avaient décidé d'attendre, en priant de toutes leurs forces pour que l'horrible destin de Poulfenc ne soit rien d'autre qu'une chimère dans la tête de l'oncle.

Isabelle de Poulfenc, qui découvrait jour après jour l'étendue de l'horreur, se mordait les doigts de n'avoir pas vu clair. Ne pouvant plus supporter la présence de Raymond, elle s'était fait excuser à tous les repas, sauf à celui d'aujourd'hui, qui avait lieu au château et changerait peut-être le cours des choses.

Une fois leurs mains lavées à l'eau parfumée de sauge et de verveine, les convives s'installaient dans la grande salle à la place qu'on leur désignait. La famille de Poulfenc ne se trouvait pas à côté de père Géraud, qui siégeait à la table d'honneur, en tant qu'abbé d'un puissant monastère. De là où il était assis, Thomas le voyait converser en toute simplicité avec la reine Aliénor. Tout le monde disait qu'elle était belle. C'était vrai, et personne n'aurait soupçonné qu'elle venait de mettre au monde son neuvième enfant. Elle s'adressait avec naturel à ceux qui l'entouraient et semblait si accessible, alors qu'elle était la plus grande Dame de l'Occident !

Dans un angle de la salle, des musiciens grattaient en sourdine, l'un le rebec, l'autre le luth, tandis qu'un troisième soufflait doucement dans son chalumeau. Une file de serviteurs et valets de cuisine vint déposer les plats du premier service, les plus appétissants pour les invités d'honneur et d'autres, moins bien garnis, pour les deux tables. Thomas regarda d'un air désabusé le brouet de chapon et le pâté de veau placés à sa portée.

Une boule lui serrait la gorge. Il était incapable de manger. À côté de lui, sa mère trempait le doigt dans la sauce aillée rose qui accompagnait les volailles. L'oncle, de plus en plus nerveux, buvait beaucoup et mastiquait en silence, faisant saillir les muscles de sa mâchoire. Le moment approchait.

À l'entremets, lorsque les serviteurs eurent débarrassé les plats du premier service, les musiciens se mirent à jouer plus fort, invitant divers candidats à se présenter. L'on chanta quelques rondeaux et une pastourelle en attendant le second puis le troisième service. Enfin, arriva l'issue de table avec son cortège de friandises, les gaufres et l'hypocras. Ce fut au tour de l'oncle de se lever et de se planter debout devant la table d'honneur. Père Géraud lança un long regard d'encouragement à Thomas, et Isabelle de Poulfenc serra la main de son fils. L'heure du jugement avait sonné.

À la Renarde rousse,
Mon amie, ma jolie...

L'oncle fermait les yeux, concentré sur sa diction, tandis que le musicien soutenait ses paroles avec de légers accords.

Thomas n'écoutait que par bribes. C'était insupportable. Il ne regardait pas non plus. Il fixait à côté de lui sur la nappe blanche la main de sa mère sur le rouleau de poèmes, crispée au point que les jointures en blanchissaient.

L'oncle fit une légère pause afin d'apprécier l'effet produit. Au moment où il allait reprendre, des voix venues d'on ne sait où s'élevèrent en même temps que la sienne en prononçant les mêmes mots, et trois silhouettes en long manteau se glissèrent au fond de la salle. Il hésita, pâlit, voulut poursuivre, mais les voix s'amplifiaient. Thomas ne le lâchait pas des yeux. Tandis que les autres restaient en retrait, un petit écuyer gracieux vêtu d'une tunique bleue s'avança vers la reine.

Au loin je te devine,
et jamais ne t'atteins...

La voix coulait, tantôt limpide, tantôt coquine.

— Merci, Alix, murmura Thomas, des larmes dans la voix.

Oui, c'était elle et elle disait si bien ! Grâce à Adeline qui lui avait répété ces mots qu'elle ne pouvait déchiffrer seule. Grâce à Adeline aussi, la tunique bleue trouvée chez un fripier du marché.

L'oncle s'était figé. Lui qui croyait posséder le texte en grand secret, comme on tient une proie captive, le voyait s'échapper. D'autres l'avaient adopté et le faisaient vivre. Il n'avait plus rien. Il n'était plus rien. Vide, dépouillé. Il haussa le ton, tenta de reprendre le contrôle, malgré les spectateurs qui lui faisaient signe de se taire, croyant que ce joli spectacle était convenu d'avance. La reine elle-même avait posé un doigt sur ses lèvres et souriait.

Tout en chantant l'histoire de la renarde et du chasseur mordu par l'amour, Alix mimait tantôt le sourire de la belle rousse tantôt le regard éperdu du chevalier, invitait le musicien à jouer plus près. Sa voix résonnait dans le silence. Thomas tremblait d'émotion, car peu à peu la petite silhouette se rapprochait de la reine, laissant en arrière l'oncle vaincu. Pas à pas, l'écuyer à la tunique bleue devançait le traître pour redonner sa place au vrai poète.

... à l'heure où glisse l'ombre douce,
j'aurai ma place en ta maison.

Le chant s'achevait, la salle applaudissait et les musiciens entamaient un rondeau bien rythmé. Raymond de Poulfenc s'était redressé. Le visage déformé par la fureur, il marchait vers le petit écuyer bleu qui saluait l'assistance et ne voyait pas la menace. Thomas sauta par-dessus la table, saisit au passage la main d'Alix et l'entraîna avec lui jusqu'aux pieds de la reine.

— Madame, c'était un poème d'Aubin de Poulfenc, mon frère, qui est mort ce printemps... Et celui qui l'a tué...

Il n'eut pas le temps d'achever. Il se sentit tiré en arrière, happé par une poigne de fer qui lui broyait la nuque.

Son oncle haletait dans son dos.

— Tu avais donné ta parole et tu me trahis ! Tu ne mérites pas de vivre !

Thomas ne parvenait pas à se dégager. Son cou allait craquer sous la torsion. Il suffoquait, il voulait rester vivant, revoir Poulfenc, aimer Alix, sa mère, le Balafré ! D'étranges râles montaient de sa gorge. La mort était tout près. Dans la salle, on entendit un cri déchirant. Isabelle de Poulfenc appelait à l'aide. Il reconnut sa voix ; puis l'étau se desserra. Lorsqu'il ouvrit les yeux, l'oncle avait un couteau enfoncé dans l'épaule. Des gardes accouraient, sa mère se penchait vers lui et l'assistance, qui commençait à percevoir la réalité du drame, balançait entre la surprise et l'effroi.

Raymond de Poulfenc, ceinturé, fut entraîné vers la porte. La reine fit un geste d'apaisement vers les convives, qui se rassirent, et les musiciens jouèrent une mélodie tout en douceur.

Bientôt, une exclamation courut le long des tables. Thomas, qui ne pouvait plus bouger la tête, fut le dernier à comprendre : du fond de la salle, le Balafré avançait en jonglant avec ses couteaux. Il était vêtu de noir et visait le petit écuyer bleu.

Commença alors une danse extraordinaire, comme jamais couple de jongleurs n'avait osé présenter à Angers.

Le puissant chasseur lançait ses couteaux que le jeune écuyer lui renvoyait sans cesse. Insaisissable et agile, il semblait ne plus toucher terre. Mais les lames, inexorablement, se rapprochaient, encerclaient la fine silhouette qui prenait peur, ne sachant comment s'échapper. Réunies dans la main du Balafré, les lames, qui ressemblaient à une mâchoire aux dents acérées, finirent par s'abattre sur le petit corps pantelant, qui eut encore quelques élans, quelques soubresauts, avant de s'effondrer tout à fait.

Lorsque Alix fut à terre, immobile, comme morte, le Balafré posa ses couteaux sur elle et salua.

L'assistance subjuguée tardait à émerger de cet enchantement. Mais dès que Lucas eut repris ses armes, Alix se leva, déclenchant un tonnerre d'applaudissements. Dame Isabelle vint la chercher par la main et s'approcha de la reine.

— Madame, dit-elle, j'espère que vous avez apprécié cette danse en l'honneur de mon fils, Aubin de Poulfenc. Ces enfants que j'aime l'ont exécutée ici pour vous et aussi pour lui. Elle est offerte à tous, afin que chacun se souvienne et que justice soit rendue.

La salle ne retenait plus ses reniflements. Alors la reine se leva avec gravité et fit signe aux écuyers de faire entrer le prisonnier.

Thomas entendait dans sa poitrine son cœur galoper comme un cheval fou. Si elle le voulait, la reine pouvait maintenant prononcer les paroles décisives qu'il attendait depuis si longtemps.

Elle s'adressa à Raymond de Poulfenc.

— Dieu vous aura sans doute pardonné, dit-elle, de n'être qu'un médiocre ménestrel et de dire avec emphase les poèmes de votre neveu, Aubin de Poulfenc. Mais ni cette assemblée ni moi-même ne vous pardonnerons d'avoir prétendu qu'ils étaient de vous. Jamais la maîtresse de ce château, reconnue partout comme la reine des poètes, ne pourra tolérer que l'un d'entre eux soit bafoué de la sorte !

Elle exprimait ouvertement sa colère. Elle avait choisi de défendre Aubin. Thomas en pleurait. Sa mère aussi. Père Géraud avait raison : la lumière et la paix allaient revenir.

Dans le regard de Raymond brûlait une flamme de haine. Il réussit à dire qu'il y avait méprise, qu'on s'était joué de lui, et il fut aussitôt hué par la salle.

La reine se hâta de poursuivre :

— Vous n'êtes pas le bienvenu à ma cour. Ni la folie de votre âme ni vos accès de violence ne m'ont échappé. Votre famille en deuil vous reproche des faits de la plus haute barbarie et leur plainte mérite d'être entendue.

C'est alors que l'abbé prit la parole.

— Bien qu'il ne soit pas coutume, commença-t-il de sa voix forte, qu'un homme d'Église se mêle de ces spectacles réservés à la cour des princes, je ferai exception aujourd'hui. Sachez que nous avons ici les écrits d'Aubin de Poulfenc, signés de sa main, authentifiés par le sceau familial et vérifiés par nos experts, déclara-t-il en montrant le rouleau de parchemin remis par Dame Isabelle.

Retenu par les gardes, Raymond de Poulfenc tentait de s'approcher, se débattait et brandissait le poing.

Implacable, père Géraud poursuivit.

— Je ne reviendrai pas sur ce que Dieu a pardonné, mais l'Église aura pour mission d'expulser le démon qui possède votre âme. Vous devrez répondre du mal que vous avez commis sous l'influence de Satan. Songez dès à présent au repentir. À partir de ce jour, c'est le tribunal de l'évêque qui a soin de vous et la prison de l'évêché qui vous attend.

En quittant la salle, Raymond trouva la force de hurler :

— Qu'importe ce que vous me ferez subir. J'aurai raison de tous les Poulfenc ! Personne en dehors de moi ne remettra les pieds au château ! Personne, vous m'entendez ? Et qu'ils soient damnés, ceux qui m'en empêcheront !

— J'aurais dû viser au milieu du dos, il serait déjà mort ! murmura le Balafré derrière Thomas.

Alix se glissa entre eux. Le visage trempé de sueur, elle semblait épuisée.

S'ils avaient été seuls, Thomas l'aurait serrée contre lui. À défaut, il les prit chacun par un bras.

— Ça y est ! La Bête est enfermée ! Lucas, je te dois la vie, pour la deuxième fois.

— Je sais. Et toi, tu n'as sûrement pas oublié que tu me devais un cheval ! répliqua le Balafré avec son habituel air narquois.

Thomas fit la grimace. Son ami le poussa du coude en déclarant :

— Nous jouterons ensemble. Et c'est moi qui gagnerai !

Thomas ne voulut pas répondre que la joute était remise à plus tard car ils allaient devoir se séparer bientôt. Le cœur serré, il se rendit compte qu'il était en train de leur dire adieu.

— À toi Alix, je dois...

Il la regarda avec toute la tendresse qu'il pouvait donner. Elle baissa lentement les paupières et, par la pensée, il posa un baiser sur chacune d'elles. Le visage d'Alix frissonna tout entier.

— Merci, souffla-t-elle avant de disparaître, appelée au loin par Adeline.

Le lendemain, une poigne dure frappant à la porte réveilla la maison. C'était Morvan qui sortait de prison. Il n'était pas seul. Il avait trouvé Raoul errant dans le faubourg à la recherche de ses maîtres.

Aidé par un groupe de bandits recrutés en chemin, Bertrand de Mauvis s'était emparé de

Poulfenc. Beaucoup avaient fui. Les villageois souffraient sous le joug du tyran.

— Mère, nous partons demain, dit Thomas.

— Pour aller où, mon fils ? demanda Isabelle de Poulfenc d'une voix accablée.

— Nous allons reprendre Poulfenc. Je sais, nous n'avons pas d'armes, ni d'armée. Nous irons avec nos poings, avec nos dents, s'il le faut. Avec notre cœur aussi. Nous ne sommes pas sûrs de gagner, mais que voulez-vous que nous fassions d'autre ?

Le Balafré s'était levé.

— Thomas, s'il faut se battre encore, nous partons avec toi.

Derrière lui, Alix faisait oui de la tête, et ses yeux brillaient.

Cet
ouvrage,
le mille soixante quatorzième
de la collection
CASTOR POCHE,
a été achevé d'imprimer
sur les presses de l'imprimerie
Maury-Imprimeur
Malesherbes – France
en juillet 2008

Dépôt légal : août 2008.
N° d'édition : L.01EJEN000246.N001. Imprimé en France.
ISSN : 0763-4497
Loi n° 49-956 du 16 juillet 1949
sur les publications destinées à la jeunesse